La Novia

R. R. Adame

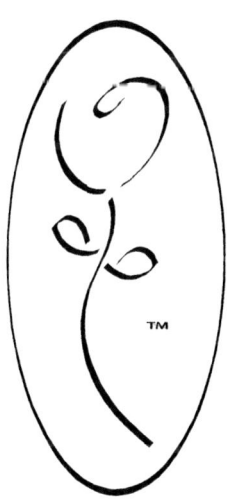

Una Rosa Publishing

Una Rosa Publishing y su logo son marcas registradas de Una Rosa Publishing.

La Novia: Copyright © 2005-2007 por René R. Adame. Todos derechos reservados. El contenido de esta publicación no puede ser reproducida, ni almacenar en sistemas de reproducción, ni en todo ni en parte, ni registrada en o transmitida por un sistema de recuperación de información, en ninguna forma o parte ni por ningún medio, sea mecánico, fotoquímico, electrónico, magnético, digital, electro óptico, por fotocopia, o cualquier otro, sin el permiso previo por escrito de la editorial, Una Rosa Publishing.

Información o comentarios, diríjase a: UnaRosaPublishing.com.

ISBN-13: 978-1-934136-00-3
ISBN-10: 1-934136-00-X

Impreso en Estados Unidos de América

Primera edición Una Rosa Publishing, 2007

10 9 8 7 5 4 3 2 1

La Novia

R. R. Adame

Índice

Primera parte: **La niña**
- **I.** Inocente,   lo que es ser niña..........p. 19
- **II.** La gloria,   su meta......................p. 22
- **III.** Los caminos,   las tentaciones..............p. 25
- **IV.** La locura,   saber sin saber..............p. 29
- **V.** La iglesia,   su fe.........................p. 32
- **VI.** El engaño,   el primer engaño..........p. 36
- **VII.** Llama de una vela,   lo que quiere...............p. 40

Segunda parte: **La cadena**
- **I.** El Demonio,   en carne y hueso...........p. 49
- **II.** El dolor,   el peso.......................p. 55
- **III.** La cadena,   prisionera....................p. 59
- **IV.** El rincón,   la esperanza................p. 63
- **V.** La mirada,   el control....................p. 67

Tercera parte: **El Vaquero**
- **I.** Mañana, mañana,   espera, espera..............p. 75
- **II.** El tiempo,   lo que le pide...............p. 79
- **III.** La esperanza,   su única salvación........p. 83
- **IV.** No puedo,   se da por vencida.........p. 87

Cuarta parte: **Mi Rey**
- **I.** Lo mío,   su amor.....................p. 95
- **II.** Su mirada,   lo que le gusta.............p. 98
- **III.** Los pasos hacia ti,   el comienzo................p. 102
- **IV.** Para siempre,   su príncipe azul............p. 106
- **V.** El amor de ayer,   los espantos................p. 109
- **VI.** Fingir,   no puede....................p. 115

Índice

Quinta parte: **Sola**
- I. Mi hija e hijo,   sin condiciones............p. 125
- II. De rodillas,   ¿Dios!........................p. 130
- III. Las lágrimas de ayer,   lo que le pudre............ p. 135
- IV. Enferma,   edad y tiempo.............. p. 140
- V. Los demás,   con condiciones........... p. 143
- VI. El hechizo,   no es algo natural......... p. 147
- VII. Sola,   se desahoga................ p. 151
- VIII. Noche, luna y vino,   la celebración.............. p. 156

Sexta parte: **Mañana**
- I. El jardín,   su ambiente................ p. 163
- II. La oscuridad,   una enfermedad más.... p. 166
- III. Los tres hombres,   lo que fue del cariño......p. 170
- IV. Píntame,   no quiere ser............... p. 175
- V. El sueño,   su gran ilusión............. p. 178
- VI. El calor de la noche,   la pasión....................p. 181

Séptima parte: **La Novia**
- I. Una mujer,   los pasos...................p. 189
- II. Lo esperado,   sus palabras................p. 192

A la memoria de Rosa Elva Adame: madre, padre y amiga.

Ficción

Introducción

La Novia es una colección de relatos sobre una persona que desde niña quiso ser 'novia' para después lograr sentirse 'mujer'. La historia a veces nos atormenta y a la vez nos ilumina con **amor y esperanza** porque sólo un hilo sostiene el sueño –deseo– viable de ella. También, La Novia es la protagonista de esta novela; nos cuenta su historia, y su voz interna nos guía tras lo desconocido.

Niña, joven, novia y mujer son las etapas de la vida que La Novia nos interpreta. Desde el capítulo *La Niña* a *La Novia*, el narrador y ella relatan las experiencias que ella vivió: su inocencia, fe, miseria, salvación, familia, esperanza, sus sueños, deseos, tentaciones, amigas, amores, fracasos y luchas; desde joven hasta hoy, que es una señora. A la misma vez se entiende el porqué fue víctima de sus propios deseos, las situaciones, aventuras y desilusiones: todo.

El último capítulo, *La Novia*, el narrador concluye esta historia y La Novia nos brinda con sus palabras.

Este libro es de **amor y esperanza**: esperanza de un amor puro.

R. R. Adame

La Novia

Narrador:

Sentirse 'mujer' en toda la extensión de la palabra es tener familia, ser independiente... pero más importante es valerse por sí misma. Es una fruta prohibida, y a la vez es lo más deseado.

La Novia entiende que no todas las 'novias' lo logran. A todas no se les conceden sus sueños, deseos y pasiones más íntimas. Por eso ella sabe que este sueño es su añoranza, obsesión y alegría, el cual la lleva a conocer el cielo y infierno, y tras sus aventuras, le roba todo. Ella se enfrenta cara a cara con la miseria, pero nunca se da por vencida.

Ella lucha con entender lo que significa la ilusión, el deseo, sueño y amor. Se pierde y engaña en cada situación, porque realmente se confunde con lo que puede ser y piensa que es.

La familia, las amistades y la gente que la rodean toda su vida, también le complican su gran sueño y le hacen su existencia imposible. Ella tiene una familia sin tener familia y unas amigas sin tener amigas. La vida que ellos conocen por medio de la sociedad, su religión y cultura, no es para La Novia. Para ellos, los sueños de ella no tienen importancia. No la complacen.

Desde niña vive como 'novia': una niña inocente esperando su hombre ideal en una banca de madera, pero fuerte como ella. Piensa que éste la va a conceder todos sus deseos. Y toda su vida la vive soñando, a la vez la convierte en víctima de sus propios deseos. Se contradice uno, dos... mil veces para razonar lo que es alcanzar un sueño.

Para ella existen sólo cuatro etapas en la vida de una 'mujer': ser **niña, joven, novia y mujer.** Ser niña y pasar a joven son parte de la naturaleza. Aunque el llegar a ser novia es cosa de parejas, lo cual se logra cuando existe el entendimiento de uno para el otro: compresión, comunicación, honestidad, confianza y el cariño, y por supuesto **el amor y la esperanza.**

Ser 'novia' es la amistad entre dos, hombre y mujer, que se quieren de una manera más profunda que la apariencia física. Con el tiempo esta profundidad cambia en algo bueno o inseguro. Lo bueno es cuando el cariño se transforma en amor y da paso a la última etapa de ser novia y la convierte en prometida. El matrimonio después puede ser una eterna primavera.

Lo inseguro es cuando el cariño no crece en la pareja. Cada uno se da cuenta que este sentimiento es sólo superficial. Así es cómo el orgullo, la vanidad y el dinero se apoderan de la relación. Los envuelve la oscuridad y condena a la pareja a estar juntos queriendo estar separados. A lo largo del tiempo se puede convertir en un eterno infierno.

A la vez sentirse 'mujer' siendo mujer no cualquiera lo puede alcanzar. Es cosa de ser 'mujer'. No se puede explicar en dos o tres palabras.

Niña – Joven – Novia – Mujer

Primera parte –

La niña

Fotografía: Sebastian, FL / 2006

Narrador:

Por ahora su sombra tímida, pero valiente, nos comienza a contar la historia de La Novia: los años de infancia que vivió y recorrió en sus caminos hacia la felicidad –un sueño que su sombra añora y también le acarrea tristeza–.

Por esta etapa la felicidad es un sueño.

La Novia por el momento no puede hablar. Su historia todavía le duele. Su corazón está marchitado. También ella es más tímida que su sombra, y la timidez no le ayuda a expresar su dolor. Ella mejor llora como una niña desconsolada.

Al dejar de llorar, ella nos cuenta: *"Las niñas a veces lloran sin saber el porqué. Lloran sin entender y lo aceptan. Pero dentro de sus almas lo perciben todo aunque por el momento no lo puedan expresar. No saben cómo hablar de sus inquietudes. Ellas no tienen la capacidad de comprender lo horrible que es este mundo y al mismo tiempo no lo comunican así. Por eso ellas callan y lloran, que es lo único que saben hacer".*

Las niñas son inocentes. No tienen conocimiento de la historia del hombre y la mujer –la relación–.

Inocente

Yo sola tendré que preocuparme por mi bien y mis necesidades. Las personas que me rodean (la familia y las amistades) son egoístas. No puedo contar con la ayuda o apoyo de ellos, porque sólo se preocupan por ellos mismos. No se preocupan por el cariño que una niña necesita. ¡Yo necesito mucho amor y cariño! Mas no me queda de otra. ¿Por qué?

Ellos no tienen compasión hacia una niña: ellos no tienen corazón. Se aman a sí mismos.

Sueño con perderme dentro de las vidas de gente normal. Quizás esto sea lo mejor para mí. Tal vez estos pensamientos sean malos, pero el soñar con otras vidas llena el vacío de mi corazón. No conozco otra solución que distraiga mi mente. No he encontrado una guía para poder confiar en un futuro lleno de alegría. Es triste y duele sentirse así.

No importa la edad, se puede tener un corazón lleno de tristeza. Y creo que esto debería ser un pecado.

Quiero enriquecerme y sentir la vida de las personas que son dichosas para poder gozar el placer de ser amada sin condiciones. El sólo hecho de pensar esto me alivia. ¡Qué gusto! Es un sueño, lo entiendo perfectamente. ¡No me importa! Lo estoy disfrutando. En cambio, cuando comparo las vidas de personas normales con la mía, pienso en lo que me espera mañana. Y me entristece. Creo que nunca seré feliz. Mi vida no se compara con la de quienes son dichosas. ¡Nunca seré feliz! Mi alma siente un gran dolor desconocido.

Con el tiempo una entiende que preocuparse por los demás al final no tiene importancia, porque no les importas.

Juego; me expreso en lo que no es mi vida, sino mi escape de la realidad. Juego a ser niña; lo hago para sobrevivir y olvidarme de mi triste realidad. Las sonrisas y carcajadas disfrazan mi tristeza y mi corazón se llena de sentimientos bonitos. Mi alma también sonríe. ¡Qué alivio me da! Mi mundo –el que me trae dolor y tristeza– se derrumba para transformarse en un parque de diversión cuando no puedo soportar mi vida. Soy niña alegre. Gozo, grito, salto y corro en ese parque. Lloro de alegría.

Las niñas son lindas y torpes porque lo entienden todo, pero no lo pueden explicar.

La soledad me acompaña como lo hace mi sombra. Aunque no todo el tiempo. A veces cuando no la necesito está ahí. Ella viene y va como un viento desconocido, a veces fuerte, frío y malvado. También ella me asusta en mis noches tranquilas. ¿Por qué será que a mi edad siento tanta inseguridad y temor? No sé, no lo sé.

La vida me preparó desde muy pequeña para el futuro, uno lleno de soledad.

Aún la felicidad es mi meta principal, si quiero lograr una vida normal. El resto y los demás no tienen importancia. Yo sola tendré que preocuparme por mi bien, por mis necesidades. Sé que soy incapaz de cambiar mi ambiente, pero con el tiempo, cuando sea más grande, tendré el poder para lograrlo. Porque sola a esta vida me trajeron, pero sola no me iré. ¡Lo juro! La felicidad me acompañará hasta la tumba.

¿Quién es inocente? Es querer cada día como si nunca hubieras querido. Porque es difícil que te quieran como una quiere que te quieran. Sólo una niña tiene la inocencia necesaria para creer que eso es posible.

La gloria

Un amor será la gloria: una vida llena de triunfo será convivir con el amor que sólo en sueños he vivido. ¿Qué más se le pide al cielo? Aquí o allá esperaré; no importa el lugar, esperaré. Quiero que hoy sea mañana para que mi deseo se transforme en realidad. Esperaré toda mi vida. ¡Lo juro!

Soñar en lo imposible es bonito, por eso una sufre. Es cosa de niña, y no tiene explicación.

El miedo –lo desconocido– me agita el cuerpo dormido, sin embargo la ansiedad me gusta. Porque sé lo que quiero, pero por el momento no lo se comunicar a los demás. Tal vez mañana. ¿Por qué? Aun me espero. Por eso siento que los años se me escapan sin llegar a un lugar conocido; día tras día se me escapa la oportunidad de lograr mi sueño.

También siento que los demás –la familia– se apartan de mí por lo que llegaré a ser. Ellos, quienes me roban la vida al saber de mi desdicha, conocen mi futuro. ¿Qué saben? Es como si supieran lo cruel de mi destino. ¿Cómo puede ser?

Hay personas en este mundo que te pueden decir tu pasado, presente y futuro. Lo escalofriante no es que esas personas callen, sino que con una mirada basta. Eso todavía me da mucho miedo.

Vida, te pido que me concedas la alegría eterna, la cual significa un amor que me acompañe día a día en tiempos de sol y tormentas. Porque sé que me va a faltar el amor puro de otra persona. No puedo explicar lo que siento por dentro –no sé lo que me pasa–. No entiendo estos pensamientos negativos que se me vienen a la cabeza. Sé que son importantes; ignorarlos sería lo peor.

Vida, al despertar mañana, quiero que me presentes la gloria, aunque sé que eso es imposible. ¡Qué desagradable!

¡Es bonito soñar! Pedir y pedir en sueños es bonito, sin saber la razón por la que una pide lo que pide.

Ojalá nunca se me olvide el deseo de tener un amor para mí solita. El no poder soñar con ese amor sería una eterna soledad. Por el momento ese amor no existe. Aún no. No a mi edad, pero sé que en el futuro llegará. Eso es lo que más añoro. Ahora vivo ciega y dormida. Esperaré el día en que el mismo sueño me despierte: quiero despertar en brazos de mi amor.

Pero es mejor que no resulte así. Para mí, vivir toda mi vida dormida –soñando– sería un pecado. Mi vida continuará siendo sólo un sueño si no logro alcanzar mi gloria. Comprendo que es un castigo que tengo que vivir. ¿Por qué? Sólo mañana, mañana el consuelo vendrá. Y como una piedra lanzada a mi frente me despertará.

Ahora sé lo que es saber sin saber la razón por la que una lo sabe. Es lo peor que una niña puede vivir. ¡Qué cruel es esta vida!

Amor, no me faltes, no me olvides, no dejes de caminar hacia mí. Que pase el tiempo y nuestros cuerpos envejezcan, pero no me faltes amor. Yo viviré mi gloria hasta morir. Y si el fin me llega antes que tú, el sueño sabrá de ti. El sueño sabrá cómo comunicarse conmigo. Mi vida será feliz al saber que sí llegaste. Porque sólo me basta con saber que me buscas, que piensas en mí, que caminas hacia mí. Y sin conocer mi nombre, me buscas; me quieres conocer y yo a ti. Tú existes, y estás cerca. No eres un sueño. ¿Dónde, Dios mío, dónde está mi amor, mi gloria?

Sé que insistirse a sí misma ayuda el autoestima. Me consuela saber que los sueños son como dulces que no llenan el apetito.

¿Amor, dónde estás?

Te esperaré en el mismo lugar de siempre, en una banca de madera, pero fuerte.

Los caminos

No conozco ese camino que se me presenta esta mañana, que me invita a algo divertido y a la vez malo.

No cabe duda que cada mañana brinda un nuevo camino.

Bueno, una nunca sabe que va a pasar. Lo que me aconseja la familia lo entiendo, pero no calma la inquietud que cosquillea dentro de mí. Tal vez es una tontería, mi locura que habla para decirme mentiras: me habla de cuentos, aventuras, tentaciones, etcétera. Tal vez el mismo miedo me atrae a lo extraño, prohibido y riesgoso: es la tentación. ¿Camino, por qué te me presentas? ¿Qué es lo que me quieres decir?

Se tiene que distinguir entre las tentaciones buenas y malas para sobrevivir.

¿Qué será lo que hay más allá?, sin haber dado paso en ese camino. ¿A dónde me llevará este camino? ¿Por qué me atrae tanto este camino desconocido? ¿Por qué este camino que no conozco, que no sabe mi nombre, me mira profundo? Me llama lo de allá. ¿Qué sabe de mí que yo no sepa? Sabe algo que por el momento no entiendo. Tal vez me quiere dar a conocer algo nuevo. ¿Será que conoce mi futuro? ¡Quiero saber!

Me atrevo a decir que a veces lo desconocido es más positivo que negativo, porque después tienes más reconocimiento de la vida –lo que la familia o las amigas supuestamente te deben revelar–.

No dejaré de encontrar nuevos y diferentes caminos al caminar cada mañana. Esta será mi meta. De un camino a otro, cada uno me mira como si fuese mi mejor amigo. Es bonito sentirse apreciada, pero no todos me inspiran confianza.

Unos son lindos. Muchos caminos tienen olor a muerte, otros me dan miedo; son como el viento que se apodera de mi cuerpo y me hace temblar. No tiene explicación, pero odio y placer salen por mis poros. Al mirarlos siento que las ramas de los árboles acariciaran mi pelo. A la vez esto es placentero: la tentación le grita a mi alma que responda y no se acobarde. Sentimientos inexplicables corren por mis venas. ¿Es bueno sentirse así? Por el momento no lo sé.

No entiendo suficiente del miedo, pero sé que eso me provoca náuseas. Pienso que sé lo que quiero pero no sé cómo se quiere.

Tomaré ese camino. El que más me atrae para desengañarme, para saber quién me conoce y el porqué. Quiero conocer el engaño para poder sentirlo e identificarlo más adelante. Es una estupidez. No importa: los caminos me atraen, y la tentación me pica por dentro como queriendo decirme que lo haga. ¿Qué puedo hacer?

Se engañan, creen saber de mis miedos y tentaciones. Pero acepto que pocos caminos te llevan al bien.

Me equivoqué al pasar por ese camino desconocido. En la entrada del camino me engañaron los árboles grandes –pero tiernos y verdes– y las flores de muchos colores. Mas fue la inquietud y curiosidad dulce que me dominaron. No puedo creer lo que hice.

¡Entré? Poco después el miedo me tomó queriéndome ahorcar, pero no lo permití. Al momento de sentir el miedo, entendí que ese camino no era para mí. No quise envenenarme. Rece para calmarme. Después sentí un horror por no poder encontrar la salida. Al fin la encontré. Corrí hacia ella.

No dudo del mal de ese lugar. Mis lágrimas y el dolor no mienten. El miedo fue real. Me equivoque. La ilusión de la entrada fue la esperanza de un lugar bonito.

Al llegar a casa tomé un baño con agua tibia para tratar de calmar mis nervios y limpiar mi alma del terror. Sin embargo el agua no se llevó el dolor de lo absurdo del camino –viajado ya por otras personas–. También no soy la única a la que ese camino ha engañado. Es el más odiado por todas sus víctimas, porque engaña, no sólo a mí, sino a todos los que le llama la tentación.

Es pecado caminar por los cadáveres de otros, los que no encontraron la salida o los que se quisieron quedarse, esa gente que también fue desilusionada.

Lo sé, pero es fácil seguir los pasos de las demás; a las que quiero imitar. Las amigas que supuestamente saben de lo que es mejor para mí. Pero no lo haré. No huiré de mi hogar para irme con ellas –a lo que no entiendo–. Por el momento es estable. Muchas veces no entiendo lo que las demás hacen y dicen, pero a la vez sé que muchas cosas son malas. ¡No sé qué hacer! Es terrible, pero, ¿qué puedo hacer si a la misma vez quiero convivir con ellas? Parte de mí quiere actuar como ellas: callar la boca, no decir nada de lo ocurrido, para ocultarlo todo. ¿Quién no? Soy una niña, ¿qué puedo hacer?

Estoy segura que mis sentimientos y la gente me engañan: se contradicen y me vuelven loca. Es absurdo seguir a la gente y al mismo tiempo tratar de vencer el miedo, que a veces atrae.

Mas no sigo la corriente. Debe de haber otros caminos más importantes por delante.

La locura

¿Qué me pasa? ¿Por qué pienso en cosas dañosas y negativas cada vez que pienso en mí misma? Tal vez sin saber el porqué y cuándo, el mundo que me acompaña me tiene en una jaula. ¿Será que mi mundo es un infierno?

Me he dado cuenta que la locura existe cuando una percibe que su mundo es un infierno interno. Tal vez la locura acompaña el amor. ¿Quién lo puede explicar?

Pobre e incapaz, ¿soy yo? Me miro en el espejo: sé quién soy; una niña. Aún al pensar en quién soy, no me reconozco. ¡No sé quién soy!

¿Qué será de mí? La familia, las amigas, la sociedad, mi cultura y religión: todos han marcado los caminos que he tomado, los que me seguirán hasta la muerte. Esta gente ha vivido lo bueno y malo de esta vida, y su máximo placer es pisotear a los que siguen, entre ellos a las niñas; a mí. Ellos me quitan la niñez para dejar las ilusiones y los sueños atrás. Lo hacen porque así lo hicieron sus antepasados. Les gusta seguir la corriente –las tradiciones anticuadas–.

De sus seres queridos las niñas necesitan constantemente afecto y amor.

Recuerdo los pasos y el tiempo que he perdido, para así poder soñar en otros pasos que llenen mi cuerpo de alegría. En sueños transformo lo vivido para sobrevivir esta locura.

Mi único anhelo es soñar en **el amor y la esperanza**. *Por eso estoy loca; viva, pero loca.*

¡No soy tonta! Sé lo que me pasa, pero no puedo contar con la familia porque no me entienden. Soy inútil frente a ellos. "¡Haz esto! ¡Haz aquello! ¿Ya terminaste lo otro?", son las exigencias de ellos cada día. Lo tengo que hacer a pesar que no soy la única persona en esta casa. Y al final del día logro agradarlos un poco. Aún lo que no puedo lograr es su compasión y cariño. ¡Nunca he podido! La familia me dice: "Contigo no se puede porque eres niña. Mañana, mañana te toca a ti. Hoy no puedes. No puedes, tonta". Son frases que forman parte de mi locura: siempre es la misma canción. ¡Estoy harta! La familia no comparte conmigo los sentimientos que llevo dentro. Creen que una niña no puede –debe– tener deseos.

Las intenciones buenas no requieren recompensas. Lo sé muy bien. ¡Siempre ha sido así! Es porque el tiempo, sin que una se de cuenta, te quita las ganas de vivir.

Dios no me hizo alta, delgada o bella, perfecta o ideal. No quiero tener esas características. Para nada me sirven. Lo que quiero es ser parte de una familia que me comprenda y quiera sin condiciones. Para la familia sólo soy una criada. Porque el respeto en esta familia se logra cuando sólo te preocupas por ellos. ¡Son egoístas! No me queda de otra. ¿Por qué cambiar esto o darle importancia?

Ahora me enorgullece decir que no sería la misma si fuera así: alta, delgada o bella, perfecta o ideal.

Mi locura es poder apreciar lo que no se puede tener, ni saber qué decir. El disgusto y la hipocresía, que son mi mundo, cada día se convierten en desprecio. Sé muy bien que la familia lo sabe, lo que me duele es que no cambian su actitud ni sus acciones. ¿Qué le queda a una niña? ¿Qué puede hacer una niña si desea amor?

Estoy segura que para ser completamente normal falta la locura, que más resulta de una familia que no te comprende, y menos intenta demostrar compasión.

La iglesia

Dios, de rodillas te pido cada día otra oportunidad para ser dichosa. Mi situación me cansa y convierte en esclava. Pasa el tiempo y menos puedo controlar lo que es mi vida. Siento que está controlada por una fuerza ajena, como una cadena maligna me abraza y aprieta fuerte. Esta maldad me anima a hacer cosas que no conozco. Sin embargo sé que son pecados. No me gusta. Mi corazón se marchita. No sé cómo continuar así o qué puedo hacer para evitarlo. ¿Estoy enferma? No lo creo. ¿Señor, por qué dejas que me pase esto? Sólo quiero ser una persona normal.

Distingo entre lo que sé que es maldad y lo que no es, para no pecar más. Pero sólo lo logro obtener en mi mente.

Dios, entro a tu casa cada semana para ver si disminuye la incomodidad y el coraje que te tengo; para ver si se convierten en algo positivo. Quisiera borrar mi niñez para comenzar de nuevo en esa hora que paso contigo. Porque sé que es el mismo demonio que no me deja vivir en paz. No tengo a nadie más en quien confiar. ¡No existen! Señor, sólo existes tú. Me entristece, pero no puedo hacer nada, nada, nada. ¡Qué odio!

Sólo Dios entiende la profundidad de cada persona. Los demás duran todas sus vidas intentando aprenderlo –el amor incondicional hacia otra persona–.

Dios, tu casa es un refugio para consolarme. Sólo con una hora mi ser descansa para respirar lo bueno y puro de la vida. Ahí mi espíritu se desahoga y refresca de salvación y tranquilidad. Es penoso, pero no siempre he tenido la fe como mi prioridad –es parte de la herencia–. Pero sé que la fe existe en otras niñas, quienes han logrado vivirla día y noche. ¡Qué vergüenza!

No cabe duda que mañana voy a vivir teniendo fe y será como mi prioridad día a día. Espero.

Dios, mis pecados no los quiero decir en voz alta. En tu casa tengo que guardar respeto porque sé que después me arrepiento. Comprendo que el acto de gritar en tu casa es un pecado. ¿Pero por qué? No los aguanto dentro. Y en voz baja te grito y lloro para que tengas compasión de mí. ¡No encuentro la fe en ti! ¿Cómo puedo calmar mi alma triste y corazón roto después de ir a tu casa? ¡No sé que hacer!

Dios, reconozco que odio tu silencio hacia mí. Se me escapa la rabia cuando pienso que no me escuchas.

Sé que no soy la única en esta situación.

Dios, con cada palabra que escucho mi ansiedad desminuye y mi mente aprecia las oraciones y los cantos, lo que representan tus palabras. Pasa el tiempo y tus palabras me transforman en una persona normal: decente, alegre, creyente y compasiva. La hora en tu casa me ayuda a encontrar la fe perdida. Me siento tranquila, nuevamente me siento como una niña.

Sólo aquí, en tu casa, pueden suceder milagros.

Todavía, después de estar en tu casa, no debería haber motivo para que regrese la ansiedad y el disgusto que llevo dentro al entrar en ella. Pero lo que siento en mi cabeza es una actitud grotesca y mala, es como si mi cuerpo estuviera programado para siempre soportar esta enfermedad. ¡Qué terrible!

No cambia mi situación con sólo ir a la iglesia cada fin de semana.

Entrar a tu casa es como un baño diario –tus palabras el agua– porque el odio y la mugre se me pega durante el día.

Una no puede simular la maldad que viene y va. La maldad siempre está ahí. A la vez, no es posible vivir siempre en la iglesia por temor a ella.

Al salir de tu casa olvido mi fe y tus palabras. Lo que no me acompaña adentro como siempre me mancha con su crueldad y me pisotea a morir. Mi derrota continúa como enfermedad, como plaga de pecados, sin saber la causa para poder sanarme o huir. ¿Cómo puedo combatir estos demonios, Señor? En tu casa me salvo, pero fuera, ¡no!

Quisiera que la tranquilidad espiritual que siento en la iglesia la consiguiera fuera para lograr tener tranquilidad corporal.

Sólo Dios conoce el camino de cada una. Una se desvía de vez en cuando por razones inexplicables, pero a su DÍA siempre llega al lugar donde Él a marcado. ¡Qué ansiedad! ¿Qué me espera?

El engaño

Señor, no quiero decir la verdad en este momento de confesarme. No puedo hablar como los adultos hablan, ellos saben mentir. No sé cómo, no sé por donde empezar. El miedo me enmudece al no poder expresar lo que ocurrió ayer. Ahora el silencio es una cobija. Es mi salvación. No quiero que me mires. Quiero ser invisible. Por favor, Dios mío, esta noche será la última vez que mis labios no digan la verdad. ¡Te prometo!

Al Señor le quiero cumplir esta promesa. ¡Lo lograré! No dudo que si una no cumple con sus promesas a los demás de que le sirves, y especialmente a Dios.

Ayer fue un día como los demás. Una rutina sin interés para una niña que agrada a cualquier padre o madre.

Como madre lo más bello y lo que le tranquiliza el corazón, es saber que sus niños se entretengan con algo interesante en casa; sea lo que sea: leyendo libros, haciendo la tarea o jugando con sus hermanos en vez de no hacer nada todo el día o estar sentados frente a la televisión. Pero desgraciadamente el padre o la madre no lo ponen en práctica sabiendo que es lo óptimo, porque sólo se preocupan en trabajar. ¿Qué lastima?

Ayer por la noche todos mis pensamientos y sentimientos cambiaron dentro. Algo muy importante sucedió en la casa, algo que me alegró mucho. No me siento la misma de ayer. Lo que vi me marcó. Fui testigo de lo que siempre sospeché: vi el amor que se tienen mi padre y madre entre ellos. Se expresaron amor a su modo.

Por la noche mi madre estaba en su recámara. Yo sola veía la novela que nos gusta. Aunque no me sentía segura porque ella no estaba conmigo. Sentía inquietud por todo el cuerpo pero no entendía lo que me pasaba.

Fue extraño ver a mi madre tan callada, sola y pensativa. No le dije nada, pero me quedé mirándola tras la puerta por un rato. Su rostro cubierto de **amor y esperanza,** y sus ojos llenos de alegría me alumbraron el corazón. Quise gritarle, abrazarla, pero mis pies entumidos no me dejaron escapar de donde estuve escondida. Mis ojos inundados de alegría le sonrieron. ¡Qué linda eres, madre! ¡Qué emoción me dio verte feliz!

Haberla interrumpido en ese momento hubiera sido lo peor, para las dos.

Frente a la casa se abrió y cerró fuerte el cerco de fierro. El ruido nos asustó. Quise gritar, pero no lo hice. Mi madre no me vio. Ella asustada saltó de la cama y escondió la foto que tenía en sus manos adentro de su Biblia. Yo corrí a mi cuarto para esconderme en mi cama. Después escuché que ella también corrió, pero a la cocina. Por unos minutos me quedé quieta debajo de las cobijas, deseando que la oscuridad me hiciera invisible. Quería que este instante pasara rápido; tenía frío, sudaba.

En los momentos de desesperación una aprende a vivir con todo: el bien y mal.

Después de un rato, como siempre, fui a la cocina para ayudar con la cena. Mi madre me miró sin decirme nada; un resplandor iluminaba su rostro. ¡Qué hermosa es mi madre! Cómo quise saber lo que le hacía brillar.

Como mi madre, pienso que me voy a hundir en los sueños de lo que pude ser. ¡No!

Mi padre entró a la cocina después de guardar la camioneta en la cochera y nos saludó. Mi madre lo saludó y le preguntó que si tenía hambre. Él asintió con la cabeza. Lo extraño fue que mi madre dejó de sonreír. ¿Qué le pasó? Como siempre, se miraron sin mirarse, nada de emoción, nada de cariño, nada de nada.

Sé, pero no me gusta decirlo: es un ritual, una rutina no deseada entre los adultos, pero se comprende. El tiempo es lo que es, si no lo aprovechas te quita el espíritu de vivir.

No lo entiendo, mas lo acepto que son cosas de adultos. No me gusta para nada, pero son mis padres. ¿Qué puede hacer una niña?

Ahora distingo entre lo que sé de los adultos a lo que aprendí de niña para balancear mi vida, y tener una vida más sana.

Dios mío, esta noche de rodillas te pido perdón por no atreverme a contarle a mi padre: Que he visto a mi madre viendo su foto. Que ella sí lo quiere. ¡No puedo! Sí, ella lo quiere mucho. ¡Lo he visto! Ayer vi su amor por él mientras miraba aquella foto. En toda mi vida no he visto tanto amor. Que bonito se siente su amor. No le digo lo que sé porque no me creería, soy una niña. ¡Qué desgracia!

Una oculta lo malo para el bien de todos. No de una, pero para el bien de los demás.

No entiendo cómo los adultos se tratan entre ellos. Tal vez con el tiempo entenderé cómo amar sin amar, cómo comunicarme sin hablar.

Ahora entiendo que tristeza sentía al decir eso y sin poder entenderlo. ¡Qué horrible es ser adulto!

Llama de una vela

Como la llama de una vela, el fuego dentro de una niña sólo existe para quien lo enciende. Por eso esperaré los años que correspondan para encontrar al hombre que encenderá mi llama. Esperaré ansiosamente para sentir su amor con caricias tiernas. ¿Cuándo?

Lo de esa llama fue un sueño deseado que esperaba realizar pronto.

Pase lo que pase, año tras año, él será para mí. Mi meta es encontrarlo. No puede existir otro. ¡Nunca! Ese hombre que me llene el alma con **amor y esperanza**, y un futuro pleno de alegrías y familia. Mi propia familia. Seré la mujer más feliz de todo el mundo al conquistarlo. ¡Qué satisfacción!

Si un día mi llama se encendiera no hay duda que tendré el odio del mundo; de las señoras que no tienen a su amor verdadero –su príncipe azul–.

La familia, las amistades y la cultura –ellos– me han enseñado a valorar y adorar el primer novio que pase por mi camino, sea quien sea. No importa si fue por mi gusto o el gusto de ellos. Ellos dictan lo que tengo y no tengo que hacer, a quien puedo y a quien no puedo amar. –¡Qué jaula tan bonita!–. Ellos me quieren mandar al altar de blanco –espero algún día lograrlo más para mi bien que para el de ellos–.

Aún tengo más valor para soportar sus caprichos, que vivir sola. Y lo que piden de una es incomprensible. Pero tengo que ser fuerte.

La familia no se escoge. Tenemos que vivir con lo que una aprende a conocer, nada más. No entiendo ni conozco otras experiencias que me aconsejen diferente.

Me dobla pensar que el hombre ideal no existe. ¿Existe? Día tras día las palabras que dicen las demás –las señoras que supuestamente saben– se apoderan de mi mente. ¡No puedo más! Me dicen que ese hombre no existe. Esas palabras se convierten en mi voz interna. ¡No existe!

Es penoso decir pero la opinión ajena motiva más que la propia.

Aún al imaginármelo, siento un fuego en mi corazón y el sudor me sabe dulce. El deseo se apodera de mis pensamientos. ¡Me enloquece! Me gusta. No quiero pensarlo más. Quiero creer que en este mundo ese hombre existe para mí. ¡Sí existe!

El sueño me dobla, me hace llorar. Me pongo a pensar que no existe: las señoras quizás tienen la razón. Pero tengo que ser fuerte.

Ahora entiendo que lo soy, soy fuerte. Y él sí existe.

Si me caso con el primero, sé que lo haré por el bien de los demás, para que ellos admiren su trabajo, especialmente la familia. Ellos estarán satisfechos con saber que sus consejos no fueron en vano. Ellos sentirán la intensidad de nuestro amor –la apariencia– cuando él y yo caminemos al altar.

La imagen de novia que cada persona imagina es una ilusión. No es mi ser que camina hacia el altar. Ir al altar no es más que un símbolo para mucha gente. Y sea como sea se llega.

Ellos se engañan al pensar que por mi propia voluntad caminaré al altar. Sin embargo vestida de blanco iré al altar, y le pediré a Dios que no me dé su bendición –sé que es un pecado, pero no tengo otra opción– pero que me perdone por pecar. Le pediré que me perdone por no amar a quien ellos quieren que ame. Sé que me lo concederá: Él sabe del bien y mal, pero sé que me va a perdonar esta.

Sé que el deseo de honrar a la familia y Dios será más apreciado que ese hombre. Él, mi esposo. ¡Qué estúpida soy!

Para cumplir con los deseos de ellos, cada vez que sienta que el calor de mi llama disminuya, miraré a otra pareja para lograr recordarlo; el amor otra vez; y así poder sobrevivir mi condena. Miraré a otra pareja que sí ha logrado su sueño mutuo. ¡Qué desgracia la mía!

Sin la influencia de otras parejas, algunos matrimonios fracasan –sea como sea la relación–.

El orgullo de la familia es importante, no les puedo fallar. No puedo vivir con su desprecio. ¿Por qué? Cueste lo que cueste lograré su cariño, aunque tenga que olvidarme de aquel hombre que me trae alegría; el sueño. ¡Lo juro!

Dudo que un día voy a tener el respecto de la familia y las amigas. Perdóname Dios por jurar.

Narrador:

La Novia pasó su niñez soñando, deseando, obedeciendo, marchitando y entristeciendo. No se le concedió otras opciones.

La familia, sociedad y su religión intentaron prepararla para un futuro como el de ellos. Ella los escuchó y obedeció hasta que no pudo más. Por parte de ellos, ella comenzó a dudar sobre sus capacidades y metas.

Ahora, ya no es una niña, sino una joven que tiene una inquietud y no entiende de dónde surgió. Tampoco puede interpretarla.

¿Qué le espera por delante?

*Niña – **Joven** – Novia – Mujer*

Segunda parte –

La cadena

Fotografía: Sebastian, FL / 2006

Narrador:

Un lugar donde no se ve entrada o salida es un abismo. Se conoce que entrar ahí sería pecar. Y cuando una señorita entra a ese lugar, parece que el mundo se derrumba: la gente se une para culparla por ir contra la corriente. Después su voz no vale la pena, se la traga la oscuridad. Y las estrellas son los ecos de sus palabras, un eterno recuerdo de lo absurdo que va a hacer su vida. Un crimen se ha cometido y como siempre, para siempre, ella es la juzgada sin poder pedir perdón o dar explicación.

Así le paso a La Novia.

"Te tengo amarrada con una cadena querida mía. De aquí no te me escapas. ¡Nunca serás feliz!", piensa el Demonio, el primer marido de La Novia.

No pudo evitarlo, pero con el Demonio tuvo una niña. ¿Por qué?

El Demonio

Fue, es, será y morirá siendo un demonio. Lo sé y él también lo sabe. El mundo lo conoce así; sin cuernos pero que a nadie engaña. Cada conocido que se ha topado con nosotros nunca se acuerda de su nombre, pero del mío sí. De él sólo recuerdan lo que es, una persona terrible. En toda mi vida no ha habido alguien que diga algo bueno de él.

Una entiende lo imposible y sola se manipula para seguir viviendo.

El Demonio abusa de la gente honesta y fiel. No respeta a la autoridad ni a su familia. Bebe mucho y usa drogas. Vive día a día como un huracán: rápido, pesado, violento y sin fin. Su destino está pintado en su rostro, su destino de maldad. Toda su vida, su mundo, han sido un infierno. No cabe duda que envenena a todas las personas que se le acercan.

Los demás, la familia y las amistades, lo conocían así y también huían de él. No les atraía su malicia que fácilmente entregaba como regalo. Nunca decía o hacía algo bueno. Siempre que daba un regalo o hacía un favor tenía un precio muy caro. Nadie huía de su influencia inhumana. ¡Nadie!

Sus caricias y atenciones me dieron razones para abrirle la puerta de mi corazón, y a la vez me cegaron. Lo conocí así ciega, por falta de afecto. Fue mi primer cariño hacia un hombre y mi gran pecado –el paso a un abismo–. ¿Quién se olvida? ¡Quién me manda! La inocencia y curiosidad me guiaron hacia él, pero más la falta de afecto que desgraciadamente cargaba conmigo. ¿Por qué esta condena Dios mío?

Señor, cada día de nuestras vidas nos ocurren fenómenos inexplicables que nos hacen entender el mal que existe en la tierra, de los caminos llenos de tentación. Todo el mundo conoce tus palabras, que no se deben confundir con palabras falsas del diablo.

Pero lo que no hace Dios, y es por eso que mucha gente se equivoca, es decidir el camino que cada una debe tomar. Dios no tiene que decidir por nosotros, y sus palabras son suficientes; tenemos que valorar cada palabra y caminar por caminos conocidos. Los que Él ha bendecido.

Para acercarse hacia mí le sobraban pretextos. El Demonio me decía que le gustaban las jovencitas, y se sentía cómodo conmigo; que era la más bella y guapa. Cada día se arrimaba más y más, hasta que llegó el día que me besó como una serpiente. ¡Qué atrevido! ¡Qué tonta fui! ¿Por qué me daba tanto cariño? ¿Qué quería con mi inocencia? Sus ojos negros y llenos de tentación me hechizaron. Sus palabras bonitas me dominaron.

Estoy segura que él, como algunos hombres, quería aprovecharse de una joven inocente.

Sin darme cuenta, también, me acercaba. ¿Por qué? Caminaba poco a poco hacia él sin querer. Cada paso que daba sentía temor, pero no tenía la fuerza para huir. Lo miraba y miraba con desprecio, pero como un baso de agua vendita en el mar caían en sus ojos vacíos. Su mirada reflejaba el deseo de comerme en una sola mordida: como si fuera una bestia hambrienta. Cuando me besó la segunda vez sentí asco y sus babas me ahorcaban. Escurrían por mi cuello. Quería huir de donde estaba. ¡No pude huir! Fui atrapada.

Con el tiempo no he podido explicar la razón por la que mis pies caminaban hacia él cuando mi corazón gritaba que ¡no! No pude salvarme. No tuve ayuda de nadie o confianza en mí misma para salvarme.

Le tenía mucho miedo y el Demonio lo sabía; por eso se acercaba más y más. Cada paso que él daba, más miedo yo sentía hacia él. No ocultaba su personalidad: su máscara de ángel se cayó frente a mí. Y no me di cuenta cuando ocurrió. El miedo lo atraía. Se convirtió en un animal en celo y hambriento. Me miraba, y su mirada vacía me hacía sentir la muerte acechándome. Podía sentir su sangre fria y cobarde. ¡Qué tempestad!

Distingo entre el miedo y la ansiedad. El miedo es un sentimiento 100% negativo y la ansiedad a veces puede ser positiva.

No cabe duda que él manipuló el miedo que le tenía. Sin darme cuenta antes de conocerlo se transformó en galán, y con sus caricias me atrapó. ¡Qué idiota fui! Mi sueño fue mi derrota: intensa y rápida. ¿Por qué? Después, día tras día, mi vida se amargó más y más. ¡Qué desesperación tan dolorosa!

¿En dónde estuvo la familia que me quería y protegía para mi bien? ¿A dónde fueron a dar mis gritos? Tal vez se perdieron en el vacío de la oscuridad, en el abismo.

Me sentía sola al lado de la familia y las amistades. Siempre tenía la sensación de la soledad en mi alma, como una cobija. ¡Qué condena! Por mucho tiempo ella fue mi única amiga. Nunca la busqué, pero con el tiempo la acepté. Tal vez los ojos llenos de curiosidad del Demonio me atraían. La intimidad que tenía con la soledad, la sentía en sus ojos vacíos y oscuros. En sus ojos confundí la oscuridad con la soledad. Pensé que él era un hombre lleno de soledad, tal vez triste como yo, por eso tenía esa mirada negra.

Mucha gente sí considera la soledad como su mejor amiga. ¿Por qué no?

De una manera u otra, pensé que lo podía ayudar. Me equivoqué. ¡Tonta! La inocencia me cubrió los ojos; no vi el monstruo que él era. ¡Nunca!

Por tratar de vivir una vida llena de curiosidad y tener la inocencia como protección, caí en una trampa que pude evitar. ¿Dónde estuvo la familia que me quería y protegía para mi bien?

Fui víctima de mi destino. Mi inocencia atrajo al Demonio. Es mi vida, fueron mis decisiones. ¿Qué puedo hacer? No tienen la culpa los demás, la familia y las amistades. Sé que no la tienen y espero que me perdonen. También quisiera culpar a otros, a personas desconocidas, pero no tiene caso. Ellos tampoco tienen la culpa. Fue mi pecado.

Una tiene que vivir con la culpa, pero no es completamente de una. Mi vida nunca fue completamente mía, porque el ambiente de una cuando es niña lo interpreta cuando es joven y mujer.

Fui yo, yo, la que lo acepté y me acerqué a el Demonio –caí en el abismo–. Nadie me empujó a él. Me miró como alimento de caza, se acercó poco a poco y me atrapó para desgarrar mi vida. ¡Qué bruta fui!

No es una vida perdida, sino una experiencia que perdurará siempre. Me va ha ayudar.

También lo dudo. Tal vez el Demonio quiso salvarse del infierno. Quizás pensó que mi inocencia y fe lo podrían salvar. Pero sé, por palabras de Dios, que nuestros destinos –el destino de él y el mío– nunca podrán unirse. El único destino que los dos tenemos es destruirnos uno al otro. Es lo que pasó. Lo bueno y malo no pueden existir juntos. ¡Jamás!

El Demonio lo hace con cualquiera que se le acerca; él también quiere deshacerse del mal que le come por dentro. Como cualquier joven, caí en su trampa. Así es la vida, y se tiene que respetar. La inocencia, se tiene que guardar, esconder y proteger. Esas son las funciones de la familia.

Porque es el fruto que hace la vida más tranquila. ¡Ojo! El Demonio siempre está al acecho.

El dolor

¿Una joven cómo puede descifrar lo que siente? A veces es como si el dolor fuera una forma de cariño, una necesidad. No sé cómo explicarlo. Me da coraje ser incapaz de cambiar lo que me pasa. ¿Por qué? Al cerrar los ojos quiero que lo vivido se muera en la oscuridad. Pero no ocurre.¡Qué tonta soy!

Lo sé, pero lo ignoro.

Soy la esclava del Demonio. No puedo escapar. Antes pensaba que podría haber vivido tranquila en esta situación: soñando en algo bello, puro y sano. No es así porque el Demonio también me golpea en mis sueños. A veces despierto adolorida. No hay salida. ¿Cuándo pelearé por mi libertad?

Ese hombre malvado envenenó mis sueños. ¡Porque lo dejé!

Lo miro, pero nada siento por él. No lo respeto. No le tengo compasión. Odio y asco se apoderan de mi mente cuando él llega a casa. Él viene y va a su antojo. Conmigo hace lo que quiere; abusa de mí a placer.

Un mal en mí está preso, pasa el tiempo y su jaula se convierte en piedra; poco a poco me mancha por adentro. Cada mancha es como si la enfermedad me hablara de su sufrimiento. El dolor de cabeza me tiene al borde del desmayo. Sin embargo no le pongo atención y me mantengo ciega a la miseria que vivo.

Encontré la protección que buscaba en un hombre que resultó ser un monstruo —más de lo que esperaba y podía controlar—.

Sé que donde estoy es donde tengo que estar. La familia, religión y cultura lo han dictado qué debo hacer desde que era niña: "¡Con el primero te quedas!". Ellos y la sociedad siempre se han apoderado de mi vida. Es mi mayor desafío. Ellos siempre han sido mis guías tras la oscuridad sin tener otra opción, a pesar de que cada vez me hundo más y más en el infierno. ¡Qué odio!

Yo siempre he respetado los deseos de la familia, religión y cultura, mas nunca han podido convivir conmigo en paz.

El Demonio me mira y mira sin decirme nada; le gusto —más mi ignorancia—, y luego la desgarra con sus insultos. No puedo huir porque su mirada me hipnotiza. Trata de devorarme como un animal salvaje. ¡Quiero huir! Él viola mi cuerpo tierno y delicado. Cierro los ojos y espero lo peor. Espero que el tiempo piense en mí y me tenga compasión. Sus sucias y asquerosas babas corren por mi cuerpo. Me entumecen las manos y los pies. El olor del miedo también me desmaya: soy una ciega. ¡No puedo hacer nada!

Luego, sin saber cuándo y por dónde el Demonio se va, en calma me quedó tirada sobre el piso. El dolor no tiene más peso. El aliento de mi sangre limpia y pura poco a poco me revive. Desnuda aún, Dios es mi testigo mudo. El miedo me sigue torturando, como una ola fuerte de viento frío. Enojada me sigue aplastando. Pero sólo es el peso de las lágrimas que siento. Es la voz del daño que recubre mi cuerpo desnudo, tierno y frío. Mi alma y corazón poco a poco reviven y a la vez se entristecen. ¿Cuánto tiempo duraré así?

También ahora cuando lloro se me entumece el cuerpo, al igual cuando estaba con él.

No culpo a mi hija, sino que la amo y protejo a toda costa, por eso tengo que seguir la lucha. Pero no sé cuanto tiempo mi cuerpo aguante. ¡No soporto esta condena! Aunque no me acostumbre a la maldad, a veces la extraño. ¿Por qué?

Los hijos, sobre todo, son las razones para seguir frente a la tormenta. Una intenta ocultar el dolor. Pero ellos tienen que saber lo que a los adultos nos pasa. Así podrán entender una relación en el futuro.

Lo que siento es el resultado de un pecado; día y noche tengo que vivir con este maldito pecado. ¿Por qué? ¿Hay salida? ¿Podré vivir sin la tristeza? No todo el tiempo, pero a veces cuando cierro los ojos, el pecado, el mal camino viajado, no existen. Me siento libre, pero son pocos los días que me pasa esto. No importa, el dolor y cariño son iguales en sueños y también despierta. ¡No me importa!

No dudo que la vida me ha convertido en una ciega. No hay quien me salve o de razón de otro mundo sin temor.

Reconozco y acepto el dolor; el tiempo me ha convencido que es eterno y si un día mi cuerpo no lo sintiera, no dudo que mi corazón se sentirá vacío por no tener el dolor. Hasta el día que los recuerdos se hundan en mi felicidad, mi corazón sentirá paz.

¡Qué feo es vivir sin sentir dolor o cariño! ¿Serán el mismo sentimiento? A veces una no distingue entre el dolor o cariño, sea por soñar o la locura.

La cadena

Ayer fue domingo. Y como cada domingo me llevaron al parque cerca de la casa. Pero esta vez no jugué con los demás; me quedé sentada junto a una banca de fierro observando más vidas marchitándose como yo.

También, en este parque, existe un jardín muy lindo pero igual descuidado. Hay flores distintas que están en un lugar del parque abandonadas, y que marchitan. La gente que camina por el parque las ve pero ninguno hace nada para regarlas.

Cada domingo ha cambiado para mí: no es como el ayer que conozco, lindo y tierno, lleno de sueños: *amor y esperanza*.

Me quedé pensativa por un buen rato recostada en el suelo. Quise levantarme y salir corriendo. No podía. Mejor me quede quieta fijándome en las vidas de los que me rodeaban. A la misma vez quise ver cómo acechaba el Demonio, pero no pude.

El Demonio observaba a cada una de ellas, pero me hacía la tonta. ¡Me daba asco!

Me quede fría al mirar la inquietud y ganas en los ojos de las demás jóvenes. Sus ojos llorosos me daban lástima. ¿Por qué tanta tristeza? No quise creer que los pasos que daban tenían que ser calculados para no ser estranguladas con la cadena que las ataba.

Entiendo que sus almas parecían estar en una jaula y comprendo de sus tristezas, ¿pero quien quiere pensar en esas cosas?

Sus demonios les gritaban si se iban lejos; me parecían malos. De un lado a otro podían andar, pero no correr o brincar. La cadena en su cuello no alcanzaba. Ellas no podían alejarse de su pareja para gozar del parque; para ellas la libertad era restringida. Las miraba con mucha lástima, pero ellas me negaban la mirada.

Como sus demonios, el lugar donde están plantadas las flores es limitado –son sus cadenas–. Ellas quisieran crecer más pero en vez se marchitan para dar vida a las nuevas que nacen. También son vidas perdidas.

La maldad ahora no me engaña. Ellos fueron demonios, como el mío. El negarlo aún me daba un poco de alivio. Me cubría los ojos con falsos pensamientos para sentirme mejor. Es cruel, pero cualquier alivio al dolor lo tengo que aprovechar.

No les quise hablar en voz alta para no llamar la atención. Pero por dentro, en voz baja les grité y lloré mi disgusto. Se les notaba una pena que íntimamente conozco, pero lo callaba y se los gritaba con la mirada –indirectamente les gritaba que huyeran–. No sé la razón por la que pensé que mirándolas así les ayudaba a disminuir su dolor. Lo único que conseguí con mirarlas –sin decirles nada– fue desahogarme. ¡Qué estúpida fui!

Fue lo mismo con el jardín: ¿Qué pude hacer?

Una cuando siente el mal que otras están pasando, sea como sea las tienes que ayudar. Pero muchas veces una está pasando por el mismo dilema.

También pensé que con el tiempo su cadena se extendería o desaparecería. No sé porqué pensé esa estupidez. El peso y la presión de la cadena puede matar a una de ellas. Tal vez la muerte puede ser la única oportunidad de libertad. ¡Qué desilusión es vivir con sólo esta solución!

Una siente que en esta situación la muerte es la libertad; qué pena y vida tan cruel se tiene que vivir para seguir ser independiente. ¿Por qué?

El reloj marcó el mediodía y nos fuimos a la casa. El Demonio terminó viendo la revista para caballeros. El desagradable episodio quedó atrás, en esa banca fría. Sin saber cuándo o porqué, ese día trajo luz a la curiosidad que por dentro me inquietaba. Ese día me di cuenta de mi situación. No estaba sola. Antes, domingos atrás, ignoraba esa curiosidad porque no la entendía. Pero desde esa vez la curiosidad dejó de existir en mi mente porque se plantó en mi garganta. Me miré en las demás. Ellas viven enjauladas.

También me di cuenta que como las flores, me estoy marchitando.

¿En este mundo tan lleno de tentaciones, quién está sola? Me hacía la tonta. Estoy segura que no era ciega, sino que no me atrevía a expresar mi tristeza. El miedo, al saber mi realidad, me robaba la fuerza para hablar y levantar mi cabeza para reconocer mi situación.

¡Qué lindo es sentir la libertad, entender la situación de una, aunque sea sólo por unos minutos! ¿Pero cuánto tiempo dura?

El camino de regreso a casa fue pésimo. Las demás, las jóvenes que se quedaron en el parque, me miraban con mucha lástima. Yo esquivé sus miradas.

Igual las flores...

De nuevo era ciega en mi mundo; me hacía la ciega para no sentir pena. El único dolor que escuchaba y sentía era el de mi pobre corazón que golpeaba y golpeaba mi pecho.

Es triste la realidad: bonito y feo es saber que no eres la única que vive enjaulada.

El rincón

Mañana, o el día siguiente no estaré seis pies bajo tierra. Me quedan **amor y esperanza** en un rinconcito de mi corazón.

A veces en sólo desearla nos trae un poco de esperanza. Cuando hay espíritu, hay vida y existe la esperanza.

He tenido la tentación de dejarlo todo, de huir del Demonio y dejar que mi mundo me mate. Quiero dejar lo que conozco de esta vida. ¡Estoy harta! Pero no me doy por vencida; hay muchos caminos más adelante para encontrar lo que más deseo.

*Los deseos de **amor y esperanza** todavía no me dejan morir. Tengo que luchar por lo que siento que es mi destino.*

Sólo es el Demonio dentro de la casa. Sin embargo en mi mente no puedo distinguir entre la variedad de demonios que emergen de su corazón vacío. Intenta vivir dentro de mi mente. Sus personalidades asquerosas me confunden y vuelven loca. Él es frío, como el hielo que quema al tocarlo. Él es calor, como el fuego que vive en un volcán. Él es dolor, como un hombre sin alma y corazón. Él es quien pudre a los que entran a conocer a los que viven en esta casa pequeña y humilde.

En esta casa, el olor repugnante de muertos subsiste.

El olor es el recuerdo de lo que me espera en cada rincón.

Este hogar me ha engañado y tengo miedo de estar en él. Pienso que el Demonio despierta a otros demonios que pudren más vidas. Me imagino que con el tiempo pudren todo lo que tiene vida en la casa; poco a poco se consumen el aire, alma, las plantas, la luz, etcétera. Lo bueno, dulce y alegre no pueden vivir allí. Una persona llena de esperanza no puede vivir en ese lugar. Los demonios absorben la vida hasta que las personas quedan secas, sin alma, y con un corazón podrido.

No es un hogar; es una simple casa. ¿Por qué me mintió? Sé que el Demonio se aprovechó de mi inocencia. Y conozco a mucha gente que vive así.

¡No tengo a nadie que me salve! ¡No puedo vivir más en este lugar tan asqueroso y espantoso! ¿Quién puede vivir así?

Ahora, a pesar de eso, conozco a mucha gente que vive así.

El sol es mi refugio de energía –motivación–. Nunca olvido su modo de despertar la chispa de seguir luchando hora por hora.

Recuerdo la primera vez que el sol me brindo energía. Su rayos comenzaban de frente a despertar mi cara y avanzan hasta llegar a mi corazón. Lentamente, ellos, cubren por completo mi cuerpo. ¡Qué alivio!

Ahora, como lo hacía el sol, la inocencia me cubre el corazón con esperanza y poco a poco me cobija a despertar mi vida.

Una nunca olvida el placer que le brinda el calor del sol, se queda como una huella en la piel. Es lindo saber que existen **el amor y la esperanza**.

¡Qué lástima! Sólo me queda un rincón de inocencia en mi corazón. Éste malvado –el Demonio– ha manchado e inyectado mi cuerpo con su veneno. Mi única salvación es este rincón. Porque es como una huella que me va a proteger. Porque caluroso es el recuerdo que me da valor. El recuerdo del sol, los rayos serán mis guías para rescatar a mi alma perdida y la ayuda para resucitar mi corazón casi muerto.

Soñar es lindo, pero más lindo es poder superarse con la guía de los sueños.

Una gota de vida sigue despierta en mi cuerpo: **el amor y la esperanza**. Es la única fuerza que me queda. Aunque al desnudar a mi marido resultó ser un demonio, y fue mi desgracia: ¡Quiero vivir!

Tengo que vivir por mi hija y yo. Ella no tiene la culpa de lo que me pasa a mí. ¡Ese hombre y los demás (la familia y las amigas) no me importan más! He aceptado mi situación y tengo que marcharme. ¡Ya! Mi inocencia es mi salvación; me va ha ayudar a lo largo. Es mi amiga. ¡Qué terrible realidad!

Negué la realidad para seguir lo ligero, pero resultaron ser falsos pensamientos. ¿Por qué?

Tengo que aguantar estos sentimientos y debo tener valor para encontrar la salida –la luz–. La cual me guiará a otra casa que espero con el tiempo se transforme en un hogar. La esperanza me llama; no quiero vivir en otra casa como esta. ¡Me marcho!

¿Qué será de mí si me voy lejos de aquí, donde nadie me conoce? Tal vez sería lo peor que puedo hacer. No, no puede ser así. ¡Existen otros caminos!

La mirada

La mirada del Demonio me dobla; me cierra la puerta. No tengo fuerza para hablar ni caminar ni sentir. Cuando sus ojos oscuros encuentran los míos mi energía −motivación− se hunden rápidamente sin saber encontrar un escape. Estoy casi muerta y como si estuviera bajo tierra. Me paralizo, esperando que en algún minuto su mirada se desvíe. ¡No quiero estar ahí! ¿Cómo se puede vivir así, sola en un rincón?

No sólo a mí, sino a toda la gente que lo conoce. A veces me gustaría estar bajo tierra para no sentir su mirada.

El Demonio no me tiene que decir una sola palabra porque lo entiendo todo. Me habla con su mirada. ¡Me golpean sus palabras silenciosas! A pesar de que no quiera cumplir con sus deseos y obedecer sus caprichos, no puedo. ¡No puedo! Me tiene hipnotizada. Con su mirada ve el temor en mi rostro y siento el peso de diez mundos encima.

Es un horror; soy su esclava. Me gustaría hacerlo polvo con mi mirada, casi como él lo hace conmigo. Pero sólo en sueños puedo; me da rabia y coraje.

A veces no lo miro a los ojos para pedirle permiso y salir de la casa, pero a la vez me aterra su mirada. Quedó presa. De vez en cuando no lo miro a la cara; bajo la cabeza y cierro los ojos para poder expresar lo que quiero. Como magia, me gano su silencio.

A pesar de eso, el frío de su mirada me quema la piel. Y por ese momento me siento importante. La victoria es mía. ¡Qué alegría! Aprovecho ese instante. Hago lo que quiero hacer por mí, lo que me hace revivir. ¡Soy libre!

No me falta valor, sino saber que existe otra realidad.

De vez en cuando la familia y las amigas que visito me miran con ternura y amor, a la vez con lástima. Sus miradas y sonrisas me brindan el rostro con alegría y energía. De pronto mi corazón grita: ¡libertad, quiero libertad! Respiro sus cariños; intento respirarlo todo de un golpe, para no dejar huellas. Nuevamente revivo mi niñez. ¡Qué alegría me dan sus sonrisas! De niña no tuve excelentes roles positivos; tuve una familia sin tener familia y amigas sin tener amigas. Pero todavía intento aprovechar el tiempo con ellos.

No sé cuando, pero sé que voy a volver a ver a la familia y a las amigas para gozar otra vez su compañía. Quisiera poder visitarlos con más frecuencia y quedarme para siempre con ellos, pero no es posible. Me voy tranquila a mi simple casa con una sonrisa muy grande. Mi cuerpo baila de alegría por haberlos visto. Aunque ellos no han cambiado su actitud conmigo, es mejor que vivir con este diablo.

Todo mi cuerpo, corazón y alma esperan y esperan a que alguien me visite. Acepto que sólo en sueños tengo visita.

Entro a mi casa, el lugar que –todos los que desconocen mi situación– consideran como mi hogar. La mirada del Demonio me hunde de temor, mis venas se llenan de terror. El frío de mis lágrimas corren por mi cuerpo desnudo. Aquí estoy, y su mirada me dobla y me cierra la puerta. Como siempre él abusa de mí. ¡No puedo, no puedo más!

No dudo que su mirada para siempre estará clavada en mi mente. Cuando no me mire, me mirará; el terror que voy a sentir por el resto de mi vida también es parte del recuerdo del temor de su mirada. ¡Qué condena!

Narrador:

La Novia no huyó de la familia; sociedad; su religión y cultura, sino que siguió lo que las voces de sus sueños le habían dado a conocer. Fue víctima de un corazón vendado de dulce promesas. No de la realidad. Lo que sus sueños no le enseñaron a conocer fue la maldad que existe en la vida y los seres que se aprovechan de los inocentes. Son pocos, pero existen. Ella se hundió en un abismo sin querer. Fue atrapada por el Demonio.

El Demonio fue su primer 'novio' y marido, pero no por su voluntad. Aunque tuvo una hija con él, él nunca fue un hombre para ella, y la marcó por el resto de su vida. Ella comenzó a marchitarse desde que lo conoció, y toda la vida los recuerdos de sus años con el Demonio le traerán amargura.

¿Quién puede sobrevivir una condición donde no tiene entrada o salida?

*Niña – Joven – **Novia** – Mujer*

Tercera parte –

El Vaquero

Fotografía: Sebastian, FL / 2006

Narrador:

La Novia no puede escaparse. La familia y las amistades la siguen abandonando -no cambian su actitud fría hacia ella-. Su cultura y religión le hacen recordar que fue su pecado que la condenó a estar con el Demonio.

Sin embargo, ella buscó en sueños y despierta -esperanza-, y con el tiempo, cuando menos se lo esperaba, el Vaquero apareció como un cuento de fantasía. Fue su esperanza, sueño y destino. Y él la liberó del Demonio. Nunca lo olvidará.

¿Durará este amor? ¿Logrará salvarla y cumplir su gran sueño?

Ella no pudo abandonar su cultura; religión o familia pero ellos sí la abandonaron.

Mañana, mañana

Cada madrugada al despertar, antes de levantarme y continuar con mi vida llena de detalles, le pido a Dios un mañana más, un mañana más, sólo un mañana más. Porque sé que mi amor vendrá por mí.

Sueño para intentar vivir la vida de otras personas, sea quien sea, porque es la única alegría que me queda para poder seguir. Por el momento no quiero desviarme de este maldito camino. Los sufrimientos no me dejan; necesito soñar para vivir en paz. ¡Estoy cansada y harta! No puedo hacer nada; siento que el Demonio conoce mis pensamientos.

Me gustaría pensar en su muerte para que realmente conozca mis sentimientos. Pero no puedo. No me atrevo.

Que pasen las horas y los días, los maltratos y engaños. Que la luz de la madrugada –salvación y oportunidad– me traigan emoción para seguir soportando esta miseria. En cada sueño, la luz me despierta para seguir mi vida, aunque los sueños no borran la maldad.

¿Qué sería de mi vida si no pudiera soñar? ¡La muerte!

[Cada madrugada al despertar, antes de levantarme y continuar con mi vida llena de detalles, le pido a Dios un mañana más, un mañana más, sólo un mañana más. Porque sé que mi amor vendrá por mí.]

Sé que el Vaquero vendrá. Quiero un hombre que me diga frases bonitas otra vez, pero sin engaños. Necesito unas manos fuertes que acaricien mi cara y cuerpo: mas que me protejan. Un hombre de botas y sombrero vendrá a rescatarme y me llevará lejos de aquí. Quiero un vaquero bien fajado, fuerte y alto, con pistolas en la mano y en caballo. Quiero que él me salve de lo inhumano, de mi pena.

El sueño: la imagen de lo que pides produce más sentimientos de lo que resulta ser. ¿Por qué?

El Vaquero será alto y fuerte para que pueda con la injusticia y rompa la cadena que me tiene presa. En los brazos de ese hombre daré mi último suspiro en esa casa. Miraré alrededor y veré el asco de ese lugar que me consumía. Cerraré los ojos para olvidarlo todo. ¿Estaré soñando o mi destino está por llegar?

¿Qué me quiere decir mi triste corazón?

Me atrevo a decir que estaría mintiendo si digo que no me quise ahorcar.

[Cada madrugada al despertar, antes de levantarme y continuar con mi vida llena de detalles, le pido a Dios un mañana más, un mañana más, sólo un mañana más. Porque sé que mi amor vendrá por mí.]

Sé que no es un sueño; no sé cómo lo sé. El de botas y sombrero existe y mañana vendrá por mí. Estoy emocionada, pero continúa la aflicción. Él no está a mi lado. No sé si mañana o el día siguiente me encontrará. ¿O nunca vendrá? ¡Sé que vendrá! ¿Estaré viva cuándo llegue? Espero que sí; espero que él me encuentre viva.

Mi vida existe en dos mundos, el mundo del momento y mañana. Es la única manera que puedo existir como una persona normal. ¡Sueño para sentirme normal!

¡Mañana, mañana ven por mí porque lo de hoy y el pasado lo quiero olvidar! ¡Mañana, mañana oye mi canto!

¿Cuántas veces una canta sólo para desahogarse? Muchas veces los cantos son para una solamente. ¡Nadie más! Cada vez el canto olvida, tranquiliza la mente y alivia el corazón. A cantar...

[Cada madrugada al despertar, antes de levantarme y continuar con mi vida llena de detalles, le pido a Dios un mañana más, un mañana más, sólo un mañana más. Porque sé que mi amor vendrá por mí.]

Sé que él no es un sueño, el Vaquero existe. Lo que sí es un sueño, es quién será. ¡Por favor ven pronto! Sueño despierta hasta que él toque mi puerta y me lleve de aquí. Le grito al viento para que lleve mi voz hacia él. Esta mañana **el amor y la esperanza** me llaman.

Me hundo en la oscuridad pensando que mañana no será mañana o que él no es el de botas y sombrero: mi Vaquero.

El tiempo

He perdido mucho tiempo sin un recuerdo que llene mi alma de alegría. Con cada año perdido, me he enterrado poco a poco hasta no poder distinguir entre la oscuridad y luz. Sin querer mi vida se transforma en muerte y sin poder detener la transformación estoy perdida. Estoy muerta en vida.

Sentí los golpes sentándome, tumbándome, enterrándome cada día y noche, año tras año.

Le suplico a Dios que lo perdido no sea suficiente para enterrarme viva, quitándome la oportunidad de cambiar mi situación. ¡Quiero seguir viviendo! No puede ser así. Tantos años perdidos en una tempestad, son años que tengo que recuperar porque quiero lograr mis deseos. ¡Qué fue de mi vida! ¿No será mi vida? ¡Tal vez nunca!

¿Quién no tiene las ganas de vivir la vida de otra persona? Desde niña, joven y mujer he querido vivir otra vida. ¿Por qué?

Cueste lo que cueste tengo que luchar. A pesar de que el tiempo marcó una imagen negativa en mi mente, las ganas de conquistar la alegría no han muerto. Es sólo lo que me queda y importa.

Creo que mi triste corazón desea vivir, pero una vida de alegría, y no de angustia cada minuto.

Por muchos años he batallado con la alegría perdida, pero siempre ahí. Es parte de mi carácter. Sonrío por un instante y una tranquilidad llena mis venas. ¡Sonrío más y más! Pasa el tiempo, crece y crece mi sonrisa; me siento como una niña. ¡Qué felicidad! También bailo porque mis pies pueden bailar. Me amo porque mi Dios me ama y ese amor me sobra para que el mundo lo conozca. ¡Qué bonito es vivir!

*Estoy segura que sólo cuando hay **amor y esperanza** quiero vivir.*

¿Es verdad lo que dicen quienes me quieren, la familia y las amigas? No lo sé. Ellos me dicen que el tiempo perdido nunca se recuperará, que en este mundo una persona no puede morir para resucitar con una vida nueva. No sé, pero pienso que sí se puede. Puede ser que el destino no esté lleno de flores y oro, pero cada persona lo tiene que vivir así, porque es lo que quiere.

No dudo que nadie, más que una misma, sabe cuánto quiere lo que quiere. ¡Nadie! El consejo ajeno, lo es: ajeno. Una nunca lo quiere entender, porque nunca lo quiere aceptar.

Lo que has vivido, aunque sea malo, lo tienes que vivir porque es lo que te ha tocado. La familia y las amigas me aconsejan que es mejor olvidar la pasión, esperanza y los sueños, porque en esta vida el tiempo se ha pasado. Pero con esa actitud tan fría ellos nunca llegaron a conocerme.

Sólo les haré caso cuando puedan escuchar mis pensamientos. ¡Nunca!

¡Mi vida no puede terminar así! En mí hay mucha vitalidad. La piel se me hincha y mi cuerpo se acalora al pensar en lo que me espera. Lo que se conoce como nuestro mundo –como nuestras vidas– me abraza, acaricia y dice que me necesita. Atentamente escucho los ecos de la vida que me espera. Los años me han quitado muchos placeres, el futuro me abre la puerta y enseña un nuevo camino y nuevos placeres. ¡Es mi deber! Nadie me lo va a quitar. ¡Lo juro!

¿Quién no vive una vida que no tiene y espera a que la mañana siguiente, pueda vivir esa vida? Mucha gente también vive con este deseo.

Reconozco que he perdido mucho tiempo por no entender lo cruel que se me acercaba años atrás. ¡El terror se me acercó! ¡El Demonio se me metió! Hoy entiendo lo que no pude entender ayer. Estoy arrepentida, aprendí la lección, y la eternidad borrará las cicatrices en mi alma. ¡Espero! ¿Seré feliz? Siento que perdí cien años por no entender lo bueno y malo que ofrece la vida. Espero que mañana mi vida será lo opuesto de lo que he vivido.

Un pecado poco a poco me condenó a la muerte. ¿Por qué?

¡No! ¡Nunca me daré por vencida! Tengo que seguir mi camino hasta que se me presenten **el amor y la esperanza**.

Nunca se sabe todo y que las decisiones sólo con el tiempo dan fruto a la alegría o miseria. ¿Quién es capaz de querer tanto a la miseria? No, nadie la tiene que vivir.

La esperanza

El Vaquero me ha resucitado la salvación. Al verlo entrar por la puerta, su imagen trae calma a mi corazón triste. ¡Nunca tuve duda! Soñé con él y el tiempo cumplió mi deseo. ¡Qué satisfacción! ¡Soy libre!

La fe y esperanza me salvaron.

Lágrimas de alegría cálida me cobijan de felicidad. Desde ahora en adelante le daré las gracias al Señor y al hombre de botas y sombrero. Lo haré por la mañana y tarde. Por fin conozco su cara. ¡Qué tierno es!

Su rostro no sólo me causa alegría, sino también su presencia –lo que él puede lograr, y lo que nosotros podemos lograr–.

Aún tengo miedo de despertar mañana y no encontrarlo a mi lado. Si no lo veo cada minuto me ahogo en la tristeza y pienso que él no existe. Pero no debo temer. Tanto tiempo triste, de un momento a otro, no puedo pensar en algo tierno, bonito y alegre. No conozco otra forma de expresar mi pena. ¡Quisiera gritarle al cielo esta última pena! ¡Me escuchas! Al gritar, al deshacerme del mal, me pongo a pensar en lo grande que es él y el tiempo que se tomó para encontrarme.

Dios, me desahogo en ti porque tú me entiendes y puedes soportar el dolor y mi locura.

¡No soporto esta pena! Y la presión me causa náusea. En vez de vomitar me salen babas –el odio y la saliva– que escurren de mi boca me queman la piel. Sin embargo tengo que ser fuerte y esperar a que mi destino se desarrolle con el Vaquero o sin él. ¡Tengo que ser valiente! La oportunidad me espera porque soy libre.

Una actúa sin pensar, se piensa por el bien de sí misma. Se espera que otra oportunidad caiga en sus manos. ¡Qué torpes somos!

Tengo ansiedad de enfrentar el día de mañana. Lo que más esperaba por fin está a mi alcance; en manos de un hombre que puede ser mío para siempre. Que él me dé la felicidad que necesito. He conseguido mi libertad. Me da gusto ser libre. Sonrío y grito libertad. ¡Soy feliz! Nunca reflejaré el desprecio como dolor eterno. Nunca más tendré a alguien que me maltrate.

No dudo que el tiempo me robó vida, pero me hizo más fuerte. ¿Quién soporta el abuso y maltrato? ¡Yo ya no! Pero sé que hay más gente mala que se comporta como animales salvajes.

Pase lo que pase, mañana o el día siguiente, el tiempo ha sellado la derrota del Demonio. Lo pasado, como él, en mí no pueden existir más. ¡Afuera! Aún tengo miedo. Quiero hacer por mi parte lo que me hace feliz, sin temor al desprecio de los demás, o de las personas que nunca quieren olvidarse de los pecados de una persona. ¿Sería feliz si muriera? ¡No! No me importan sus opiniones. Tal vez sola lograré vivir mi vida cómo me plazca.

Al no arrancar el sello dentro de mi pecho, porque es eterno, hoy puedo ser cómo quiero ser, vivir mi vida. Le doy al tiempo las gracias, ¡sobreviví! Te lo agradezco Señor.

La esperanza es mi luz hacia la gloria que añoro. Un día lograré sentirme 'mujer': una mujer llena de amor, confianza y dicha, y independiente.

Guardo la esperanza en mis manos y cada día le daré luz y un beso para que no se marchite más. Quiero que ella siempre me acompañe, pase lo que pase.

No será la última vez que la esperanza me vuelva a tocar a la puerta. Y espero que no me encuentre muerta.

El hombre de botas y sombrero resucitó la esperanza en mi corazón y alma. Por eso tengo la ilusión de que él me llevará de aquí. Me llevará muy lejos; sí, lejos.

Al Vaquero le quiero dar las gracias, pero no puedo. No tengo fuerza, no puedo, sólo espero que él entienda mis razones por ocultarle mis palabras. Le prometo ser agradecida por el resto de mi vida. Lo juro.

¡Gracias! Gracias vida por dejarlo entrar a la mía y salvarme de la miseria, gracias por dejar entrar la esperanza.

Quiero llorar de alegría en sus brazos y tengo miedo de que no lo entienda, por eso mejor esperaré para agradecerle después.

No puedo

No puedo volver a la vida que casi me mató. Los recuerdos todavía duelen. ¡Nunca volveré! ¿Será que quiero algo que no existe? Porque con el Vaquero no puedo. Con él no puedo realizar ese sueño, no puedo fingir un amor.

Nuevamente me encuentro sola y triste.

Estos sentimientos me traen angustia. Cada uno es como una piedra, un tumor que se aparece y desaparece para traerme sufrimiento. Ellas me paralizan por su tamaño y filo. Porque cada una nació del odio que vive en mi cuerpo y crece con cada maldad; son enormes y su tamaño se debe a cada año que permanecí en la miseria con el Demonio. Ahora mis pies no pueden sostener el peso de las piedras. Se cansan. No pueden seguir caminando.

Es una enfermedad cancerosa. ¿Por qué? ¡Quiero vivir cien años! Lo pasado, sólo es el pasado: ¡Que me deje en paz!

Sin embargo sé que puedo seguir batallando con esto. Sólo con la voluntad de mí misma me basta, ese pasado no importa. Y con el tiempo deja de existir.

¿Qué será de mí, Señor? ¿Por qué me quitas esta vida nueva sin aviso? Te pido compasión y perdón, si una vez no cumplí con mi deber de ser una persona decente. Si me comprendes, dime lo que tengo qué hacer para ser feliz. Esto no lo soporto más. ¡No puedo más!

Creo que Dios no da y quita. Él nos guía a lo bueno, puro y sano de esta vida. Pero a veces no sé si me escucha. No lo culpo, a veces ni yo misma me quiero escuchar.

Pensé que el de botas y sombrero, con el tiempo me iba a dejar. Pensé que él se cansaría de mi tristeza. Nunca pensé que yo iba a buscar la puerta para huir. Nunca hubiera pensado dejar un hogar que cubre todas mis necesidades. ¡Nunca! La angustia me dobla y se apodera de mí. Sola, me estoy envenenando: la pena me ahorca.

Tal vez cada cosa me molesta o quizás estoy loca. Hasta no sentir amor por él es penoso. ¿Qué clase de persona soy?

El Vaquero no tiene la culpa. No, no la tiene. ¡La culpa es mía!

¿Huir hoy, a dónde iré a dar mañana? Mi intuición tal vez lo presentía. Por eso siento que muero de pena.

Otra vez sola. Tal vez es mi destino. No lo sé y no lo entiendo, ¿por qué me pasa esto? Por el momento el odio me consume, es mi desprecio. ¿Estoy loca?

Estoy segura que 'loca' es una persona que no sabe qué hacer con lo que le pasa, por eso se queda loca. Esa persona no tiene capacidad de entender lo que le pasa.

El Vaquero me salvó y con eso me conquistó el corazón. Ahora, él no debe dejar de ser cariñoso conmigo. Para mí el amor se conquista cada día con afecto. Sé que él es alto, fuerte y atrevido. Pero entiendo que no es emocional, sino más intelectual.

Le guardo el respeto a lo que fue y no más.

Como pareja no necesito un soldado, lo que él ahora es. Lo terrible de mi vida ha pasado. Quiero descansar. Por el momento quiero desahogarme. Quiero estar mil años en unos brazos tiernos, no de acero. ¿Qué me pasa? ¿Por qué no puedo ser feliz?

No me quejo por querer y querer más de lo común.

El de botas y sombrero, no le digo nada. Las palabras no me salen, sólo la mirada le basta; lo conozco. Con sólo una mirada le digo; me calmaría si pudiera decirle todo. ¡Qué fría soy! Él lo entiende. Sabe que no puede intentarlo más. Una vida sólo de amantes, yo no puedo soportar más. ¿Por qué seguir engañándonos? Será mejor así.

*No fui yo. No me atreví a mirarlo a los ojos, fue mi cuerpo vacío. Porque entre dos personas, **el amor y la esperanza** los que dan vida a la pareja. Y entre nos, no fue así.*

Siento como si una mano fría y fuerte me tratara de sofocar, y salgo de la casa por la puerta de enfrente. Son mis nervios que de nuevo me quieren enterar en la miseria.

Tal vez en sueño, sí se puede convivir con sí mismo. Espero. ¡Qué disgusto! Adiós me querido Vaquero, amigo.

Narrador:

Muchas veces La Novia quiso huir del Demonio, pero no pudo salvarse –más por su hija–. Intentó, intentó, intentó. Con el tiempo conoció a un hombre que pudo conquistarla: el Vaquero.

El Vaquero la salvó. Ella lo quiso como se quiere a un amigo del alma, pero al final no pudo estar en una relación que no era lo que deseaba. La misma relación le abrió la puerta.

El de botas y sombrero no cumplió con sus sueños pero sí le ayudó a recuperar la esperanza: la fe en continuar en busca de ese amor y hacerse sentir 'mujer'.

La Novia vivió poco tiempo con el Vaquero. Su relación no dio fruto. No hubo nada más que una eterna amistad. No la ayudó a convertirse en lo que la palabra 'mujer' significa para ella –no había ese sentimiento– pero él la encamino nuevamente hacia el amor y la esperanza.

Tampoco huyó del Vaquero, sino que se fue a vivir su vida con su hija a otro lugar. Ella, a su manera, se fue a buscar su camino: otra oportunidad más allá de lo de allá.

¿Podrá La Novia conquistar ese amor que tanto desea?

*Niña – Joven – **Novia** – Mujer*

Cuarta parte –

Mi Rey

Fotografía: Sebastian, FL / 2006

Narrador:

La Novia ha luchado contra lo imposible, cobarde e inútilmente para encontrar al hombre de sus sueños. El quien la hiciera sentir amada y le realizara su deseo de lograr un día sentirse 'mujer'.

¡Al fin lo encontró!

La vida la engañó dos veces. Le presentó a dos hombres que nunca pudo amar completamente. Ella los quiso a su manera, pero nunca pudo amarlos cómo ella quería amar a un hombre. El tiempo le robó vida, pero nunca le robó su pasión.

Después de vivir años sola con su hija, encuentra a su amor, su Rey.

Cuando era niña conoció a un muchachito que le gustaba, pero nunca le puso atención porque él no decía nada, era pasivo. Él sólo la miraba y miraba; eso la hacía enojar. El Rey igual...

¿Qué le espera?

Lo mío

Cada una de nosotras tenemos quien nos quiera sin condiciones. Un hombre que no va y viene a su antojo, pero que nos acompañe para complacernos. Es amor del bueno. Me refiero a la comprensión mutua entre dos personas que actúan como una misma. Tal vez el compañero ideal no existe, pero cada una tiene una pareja que la llena a tal perfección, y que una se imagina que lo es. Yo, ahora, tengo el mío; mi pareja ideal. Él es mi Rey. Lo quiero, lo quiero, lo quiero. ¡Estoy loca por él!

No importa si por el momento existe sólo en sueños. Pero esa clase de hombre se conoce. ¡Existe! ¿Quién dice que la pareja ideal no existe?

Mi Rey no es alto. Porque me gusta cuando estoy recostada en su pecho y sus ojos me miran. Me gusta su mirada frente a la mía, especialmente cuando bailamos. Cuando veo sus ojos color café es como verme en el espejo; veo una imagen bella. Nuestras almas y corazones son idénticos cuando estamos frente a frente. ¡Qué placer! Sé que él me quiere porque sus ojos tiernos me lo dicen. Él me ve con ternura. Sus lágrimas me traen alegría y a la vez me entristecen antes de que sus mejillas sientan la humedad de la felicidad. Lo quiero, lo quiero, lo quiero.

Cuando hay verdadero amor entre dos, a veces las palabras no hacen falta, sólo basta una mirada. No sólo las niñas lloran sin saber la razón por la que lloran, los adultos también.

Mi Rey no es delgado y así me gusta. Mis brazos y manos no alcanzan a cubrir su cuerpo: el calor de un cuerpo lleno de espíritu es tan grande como su amor. En sus brazos me siento segura y protegida. Él me tiene en las nubes. Soy su reina. Como el sol redondo, alegre y caluroso en una tarde de verano, así es mi Rey. Sus manos fuertes y grandes me acarician el pelo y la cara con la suavidad y ternura de un pétalo. Lo quiero, lo quiero, lo quiero.

¿Cuánto se puede amar y cuándo se acaba el amor? Para unas parejas nunca se acaba. En el amor no existe la pregunta de cuánto se puede amar, porque puede ser para siempre y cada año ese amor crece.

Lo quiero más porque es mi Rey, ¡mío! Es amor del bueno, es entendimiento espiritual, es unión emocional. Sé que él me quiere por su manera de sonreírme, por la forma en que escucha mis deseos y tristezas. ¡Me quiere! No camino sino corro a él. No hablo; le grito porque no aguanto la emoción. Me desahogo en sus brazos. Con sólo su presencia me calman la ansiedad.

Una puede querer y amar a lo extremo, pero se puede perder en uno.

Mi Rey no me dice mucho. No tiene que decirme mucho, porque entiendo sus palabras silenciosas. Cuando él me besa, mira, toca y sonríe, es como si me dijera cosas bonitas. El silencio y su recuerdo por el momento me bastan hasta cuando él está ausente. Lo quiero, lo quiero, lo quiero.

Trato de distinguir entre el sueño y lo que mis ojos me dejan ver para no equivocarme de nuevo.

Sin él mi vida no tiene mucha importancia. Al lado de él mis deseos se engrandecen cada día más y más. Sé que en sus manos está mi gloria, la de un día lograr sentirme 'mujer'. Sé que está cerca, porque lo siento correr por mis venas. ¡Qué delicia!

No cabe duda que en el amor las cosas se toman con calma, no hay apuro. Estoy sinceramente enamorada de mi Rey.

Su mirada

De niña recuerdo el miedo que el viento y la oscuridad me causaban. Esos fueron los monstruos de mi infancia. Y no era pretexto expresar el temor a mi hermano mayor para recibir cariño de él.

El viento y la oscuridad fueron mi terror.

Cada niña tiene algo o alguien que le da terror. Lo bonito es saber que tienes a alguien que te calme la ansiedad.

Mi hermano fue lindo, por eso lo quiero como un padre. Él me protegió.

No lo he olvidado. Murió cuando todavía era joven y nunca le di las gracias. Espero que mis abrazos y sonrisas que le di hayan sido cariño suficiente. Lo quiero y extraño mucho y espero que haya perdonado mis pecados.

A veces el viento era frío, a veces era caliente, y a veces era fuerte. Todo lo del viento me daba angustia. Porque mi alma se congelaba y mi corazón sentía sus manos queriéndolo ahorcar. Mi cuerpo presenciaba la muerte al sentir el viento.

Sea lo que sea, el miedo es el miedo, no importa si es algo pequeño o grande.

En el verano, el calor y viento eran insoportables. La fuerza del viento caluroso me daba mucha desconfianza porque me empujaba de un lado a otro como si fuese una muñeca. Cada vez que lo sentía, mi cuerpo se armaba de coraje y se preparaba para pelear.

En ese tiempo presentía que el viento me preparaba para el futuro. No lo entendía, pero tenía una idea de lo que me hacía y del porqué lo hacía. No lo puede explicar.

A veces la oscuridad se convertía en espantos; objetos feos y personas malas que me rodeaban para causarme melancolía. Los he visto y sentido, pero no lo puedo explicar. Cierro los ojos y me pongo a pensar en cosas bonitas y alegres, pero los espantos no me dejan. La oscuridad en mí se ha creado una vida. Su poder es tan fuerte y friolento como el viento, por eso le tengo miedo; lo odio.

¡Hermano, sálvame, protégeme y acaríciame para que no me hagan daño!

Lo conozcas o no, al espanto igual lo dejas entrar. ¿Quién dice que lo extraño o inexplicable se tiene que conocer? ¿Por qué los dejé entrar?

La mirada de mi Rey como los brazos de mi hermano mayor es agradable. Con su mirada me siento salvada, protegida, y acariciada como cuando era niña. ¿Señor, qué me quieres dar a entender? Su mirada me trae la misma tranquilidad que me daba mi hermano: "No tengas miedo bella, vas a ver que mañana las pesadillas se van, ten fe y dame un beso". La ternura y compasión que brillan en sus ojos cafés me recuerdan a mi hermano. Son recuerdos que me traen tristeza, pero que también me hacen llorar de alegría.

Cuando la mañana no se conoce, lo más bello que una puede tener son los recuerdos.

Mi Rey se entristece cuando me ve llorar. Mas con un beso que me regale mi tristeza se convierte en sonrisa.

Estoy segura que los hombres son bobos. También ellos son lindos y bellos.

Desde que era niña llevo dentro el terror, lo que he pasado, y las desilusiones. Con el tiempo el viento y la oscuridad tomaron forma de personas y fueron los que me hicieron sufrir. Cuando viví con el Demonio muchas veces olía la muerte. Su presencia me enfermaba el estómago y la cabeza: me hacía vomitar. Frío y fuerte fue su carácter, como el viento y la oscuridad.

Creo que el miedo que una no domina, sea lo que sea, se aparece tarde o temprano para hacerte la vida pesada.

El Demonio fue igual que el viento y la oscuridad.

Dolorosos fueron los días en que el Demonio llegaba borracho o drogado a casa, y me empapaba de sudor, pero no era de calor, sino de temor.

Sé que me engañé por mucho tiempo, pensando que los terribles y asquerosos días que vivía no eran más que pesadillas, cuando en realidad eso fue mi vida. Aún el dolor no me deja decir más.

La oscuridad es el recuerdo de la soledad y el viento es el recuerdo de esos golpes.

Su mirada, la mirada de mi Rey, me salva, protege y acaricia.

Ten fe, ten fe en ti misma, tarde o temprano tu sueño se hará realidad.

Los pasos hacia ti

Tú tan lejos y yo tan cerca, fue la razón principal de forzar mis pasos hacia ti. Con cada paso que daba, mi sangre se enriquecía, mi boca bebía un dulce sabor de pasión. ¡Qué bonito es querer! No quise estar sola más tiempo, y caminé hacia ti.

Bonito es saber que los sentimientos son correspondidos; eso es vida.

¿Pero, qué dirá la gente? No me importa.

De conocer tu nombre, familia, tus amigos y sobre ti, no lo sé todo. Por eso quiero saber más de ti para entender la razón por la que mi corazón se enriquece cada día desde tu llegada. No quiero parecer insistente, sino quiero entender porqué sólo tu sonrisa y mirada pueden destruir mis penas y hacerlas cenizas. ¿Por qué?

Sé que el amor es ciego, es como el amanecer: llega solo sin rastro del ayer.

La primera vez que nos encontramos yo iba de prisa pensando en cualquier cosas. Lo siento. ¿Qué pudo ser? No lo sé. Es mejor olvidarlo. Lo que sí recuerdo fue tu sonrisa y mirada. Por eso te saludé sin temor a un desprecio. No tuve tiempo para detenerme a platicar. Respondiste con tu mirada y sonrisa. Aunque no pudiste notar mi vergüenza y timidez, no me importa. La primera vez la prisa por llegar a casa fue mi excusa. De ese momento en adelante espero no tener más excusas.

Fue un alivio que no hubo un desprecio. Una sabe y siente cuando hay cariño.

Otro día y por otro camino, nos encontramos. ¡Qué ansiedad! Una coincidencia tan bonita y merecida. ¡Gracias, Señor! Esta vez la diferencia fue la falta de una excusa por parte de cada uno. Lo que realizó nuestro encuentro fue el deseo. Tú y yo tuvimos el mismo deseo. Tú caminabas hacia mí y yo hacia ti, cada uno sin saber cómo llegar al lugar donde nuestros caminos se encontrarían. Ciegas nuestras almas caminaban por la ciudad y nuestros pies llegaron al mismo sitio. No fue el destino, sino el deseo de un encuentro de amor.

El amor es nuestra guía; sin querer nos despertamos de un sueño para saberlo todo.

Luego las excusas que dimos a nuestras familias para platicar y compartir las tardes juntos fueron razones bobas. Entonces al encontrarnos solos me bastaba sólo una sonrisa y mirada. Y a la vez el mismo tiempo nos robaba tiempo.

El amor es eterno, porque en minutos, horas o días, es difícil decirlo o entenderlo.

Después cada encuentro fue más fácil. La familia y las amigas te aceptaron como mi novio, mi Rey. ¡Qué sorprendente!, cómo cambia la relación cuando se pasa de amigos a novios. No entiendo el porqué es así. ¡Qué emoción!

La familia, por fin, se expresaba con gestos, claro que sin palabras porque no saben otra forma de hacerlo.

El tiempo que una tiene que esperar para lograr una caricia es una crueldad.

Lo curioso y bonito fue la distancia en que tus pasos llegaban hacia mí en cada encuentro. Tus pies nunca se acercaban a los míos. Me desagradaba la distancia. Sólo el frío y la soledad nos abrazaban. Me enloquecía el no entender la razón por la que no te acercabas más a mi lado. ¡Qué desesperación!, pensaba. Tú sólo me mirabas y sonreías, y eso me bastaba por el momento. Pensaba que eras lindo y tierno, pero te quería más cerca; en mis brazos.

¿Por qué el hombre y la mujer no se encuentran cuándo hay amor? No estoy segura, ¿si es cosa de mujeres o de hombres? Dudo que sea cosa de mujeres. ¡Lo dudo!

Por desesperación me atreví y di los pasos hacia ti. Caminé para estar juntos como una pareja debe estar. Reconozco que fue la locura la que me hizo hacerlo. Luego, como si nada existiera en el mundo, éramos una pareja. Nuestros corazones y almas se enlazaron y las sonrisas nos acompañaron todo el camino a casa.

El amor es dulce cuando es mutuo. ¡Qué lindo es vivir enamorada!

Para siempre

Estoy enamorada de él. No cabe duda que él es mi Rey. Y pensar que puede existir una duda, ¡no debo! El amor que brota de mi corazón es para siempre. Mi Rey tiene que ser.

¿Será un capricho querer tanto? ¿Qué es lo que quiero?

¡No, no, nadie me lo va a robar! El amor por él es todo lo que tengo. Es lo único que me importa y atrae. Mi felicidad –mi alegre amistad con la vida– depende de este amor. ¡No, no, nadie me lo va a robar!

¿Será un capricho querer tanto? ¿Qué es lo que no quieres que te roben?

En esta relación ninguno de los dos debería mentir para no condenar nuestro amor. Nuestra felicidad depende de ello. ¡No, no Señor, no me lo quites!

¡Cómo puede haber amor si tú eras la única que estaba enamorada en esta relación!

Me da mucho miedo, y por eso no quiero que se convierta en una prisión y yo quede encerrada en ella como antes. No es justo vivir apenada e intentar crear un hogar con otra duda, no se puede. ¡No quiero! Dios mío, te pido un milagro para poder vencer esto. El amor de mi vida, mi primer amor, cada día tiene que saber que no hay condiciones que perjudiquen nuestro amor.

Una casa nueva no se puede construir con la madera de la casa que se derrumbó. Lo pasado tiene que mantenerse en el pasado para poder vivir en paz.

Mi Rey me aceptó como soy: dulce, decente, cariñosa, trabajadora y con una hija y rabia en las venas. Por eso tengo que vencer el miedo –duda–. ¡Lo tengo que vencer! No me queda otra salida. No quiero otra.

Las fuerzas me sobran. Siempre las he tenido. ¡Tengo que ser fuerte!

No quiero volver a sentir insultos, golpes, engaños, desprecios y violaciones. Nunca. ¡Nunca más! El temor de pasar otra vez situaciones como esas me vuelven loca. Es cuando lo pasado comienza a dar luz a mi presente y la rabia se altera, al punto de estallar me consume el alma.

A veces pienso que estoy loca y que la locura nunca se me va a quitar. ¿Será mi triste realidad?

No es justo que mi Rey cargue reproches en su pecho, pero lo carga. Qué desconsuelo tan cruel. Pero no lo puedo borrar. Esperanza, espero que me estés escuchando. ¡Por favor!

Hoy pienso que mi única amiga es la esperanza: lo que mañana me va a dar a conocer. Te necesito, amiga.

El tiempo hará lo suyo. Lo sé, porque las ganas en mis venas traen alivio a mi corazón. Sola puedo marcar los pasos para llegar a un futuro lleno de esperanza. ¿Quién más? Nadie. Mi pobre vida. ¡Yo, yo, yo, siempre, yo! Cada mañana por el resto de mis días lo tendré en mente: Hoy será la última oportunidad para lograr lo anhelado, lograr un amor para siempre. Cada día tengo que luchar contra el miedo, dolor y pasado.

Cada día pienso que hoy será el día que todo va a cambiar, pero no hago nada para cambiarlo. Sin embargo sé que una misma es el arquitecto de su propio destino.

Mi Rey no tiene la culpa del pasado, pero sí es responsable del futuro. Para siempre quiero que él sea mi Rey; un alma dichosa de un amor puro y valiente. Yo puedo, sé que puedo lograr lo que mis sueños han marcado. Me da alegría pensar en su amor. ¡Soy feliz! Él y yo para siempre seremos felices, para siempre nuestro amor conquistará lo imposible.

¿Qué será más bello, soñar despierta o soñar dormida? Aunque lo que una no ha podido conseguir, no lo puede disfrutar. ¡Qué importa!

El amor de ayer

¿Por qué quiero comparar un amor que no fue real? El amor de ayer fue un sueño, no debo compararlo con mi verdadero amor, mi Rey. Aún tengo que identificar la diferencia para entender los dos amores por el bienestar de este amor. Porque me quiero deshacer de estos pensamientos negativos que me molestan.

Estoy segura que este amor es más fuerte y profundo que el amor de ayer. Entiendo que a veces una siente angustia y como niñas no lo sabemos interpretar. Pero la conciencia sí sabe interpretar la angustia; ahí es donde el conflicto se realiza en nuestra mente. Entre las mujeres pensamos en cosas que no podemos descifrar las razones por las que las pensamos, mas nos inquieta. ¿Por qué?

Este capricho, de pensar en lo de ayer, puede dañar mi relación con mi Rey. ¿Por qué esta inquietud? A la vez no quisiera entenderla para poder seguir soñando. Porque cuando duermo junto a mi Rey no me siento mal, pero cuando estoy despierta sola no tengo control sobre mis pensamientos: su ser me ayuda.

Sé que son avisos que me comunican algo profundo. Les tengo que poner atención. Para mi bien tengo que entender el amor que tuve y tengo. Si no esto puede acabar con el amor que siento por él.

Con mi Rey, el amor no fue de un sólo golpe ni tampoco cayó del cielo. Fue un amor que el tiempo nos ayudó a descubrir. La familia conoce a su familia, nuestras amistades también se conocen entre ellos. El pueblo donde nacimos es pequeño, y como en todo pueblecito todo se sabe y todos se conocen.

Es gracioso, pero en este pueblo todos los días ocurre esto: lo que comentas por la mañana, en la tarde la vecina te lo repite a ti completamente diferente.

Lo más bello de la vida es darte cuenta que tu mejor amigo es tu verdadero amor. Pero tienes que darle tiempo al tiempo hasta que se presente.

¡Que viva el pueblo, que viva lo pequeño y dulce! Los secretos mal interpretados y el entendimiento de tu mañana en manos de las vecinas –las comadres–. ¡Que vivan!, pero allá y yo aquí.

En un pueblo tan chiquito, tarde o temprano tuvimos que encontrarnos. La primera vez que nos encontramos lo saludé como a otra persona y seguí mi rumbo. Tal vez él se sorprendió cuando lo saludé, porque se quedó ahí, tieso, y no dijo nada. Con sus ojos tiernos y llenos de ilusiones sólo me miró. Su mirada me encantó y mi sonrisa gritaba satisfacción. Sí, él me gustó y no lo puedo explicar. ¡No me importa! Su mirada fue más que un gusto, fue profunda.

Lo más bello de esta vida es que sin querer encuentras tu tesoro.

¿A quién no le gustan los piropos y a la vez los odia? Hay piropos que te acarician el alma y otros que te la insultan. Su mirada fue el piropo que me más me gusto.

Con el tiempo y otros encuentros, su dulce sonrisa y palabras bonitas fueron suficientes motivos para mentir y pasar las tardes con él en la plaza. Caminábamos alrededor de la plaza, a veces sin decirnos nada, sólo tomados de la mano. Nuestra compañía nos bastaba. Pasó el tiempo, sin prisa.

Reconozco que mentir en casa no es pecado, pero es pecado cuando no entiendes las razones por las que mientes.

Ahora no recuerdo el momento exacto, pero me pasó. Algo me flechó el corazón. Un día de verano caminábamos por la plaza; el calor del sol me empapaba, como el que sentía al lado de mi Rey, y de él me enamoré. Sin querer, pero me gustó. Eso era lo que quería y es lo importante; de él me enamoré.

¡Qué fuerte me pegó el amor y sin querer!

Pero el amor de ayer es como un clavo en mi corazón. Es más pesadilla que realidad, pero está ahí. En mi mente sólo existe ese amor. Lo sé, entiendo y comprendo que está ahí. Pero no lo quiero saber. ¿Qué puedo hacer? No puedo olvidar lo de ayer. No quiere borrarse. Está muy, pero muy dentro, como si estuviera tatuado en mi conciencia.

Estoy segura que ese amor de ayer es un fantasma que viene y va sin decir nada. ¿Qué me quiere decir?

Ese amor hizo una barrera en mi corazón que nadie puede destruir. Menos otro amor. ¿Por qué sigue existiendo? No se compara con el gran amor que disfruto hoy. Mi corazón está manchado de engaños. No tengo la fuerza para borrar esas palabras en él, para poder tatuar un amor sincero. ¡No, no tiene que ser así!

La locura me sigue: los años no borran las locuras.

Lo que sé sobre el amor lo aprendí de la familia y televisión. Esa influencia dio luz a mis sueños de amor. Creí que entendía lo que era, pero con los años los sueños fueron mi engaño, y quedó marcado. Fueron mi escape para lograr la felicidad y un rincón de alegría, a pesar de que estaba influida por la televisión y gente que no conocía el significado del amor.

¿Quién conoce el amor? Los enamorados no hablan, porque ellos no tienen que decir nada. El amor se ve y se siente, no tiene explicación.

He querido a otros hombres y ellos forman parte de mi pasado lleno de obstáculos –sea como sea el cariño–. También reconozco que el amor que conocía en sueños existió sólo así. Aunque el verdadero amor nunca lo he conocido. ¡Nunca! Ahora mi corazón palpita fuerte, mi cuerpo siente una mezcla de sentimientos. Tristeza y alegría corren por mis venas por no entender lo que es el amor. ¡Estoy confundida! ¿Será que el amor me espera más allá?

El coraje de no alcanzar las metas de una viene y va. Lo que queda seguro es la incertidumbre.

Ahora reconozco un amor puro, tranquilo, sincero, fiel, y sin ataduras. Porque mi mente no está marcado de promesas falsas. Las influencias de ayer no existen; no les hago caso. ¡No más! ¿Qué más le puedo pedir al cielo?

¡Soy feliz! Me da mucho gusto conocer lo que es el amor.

Al cielo no le pido nada, porque por el momento sola quiero lograr el amor en la tierra.

Con el tiempo espero que los deseos ajenos se purifiquen con el amor que siento por mi Rey. Esperaré toda mi vida, le rezaré a Dios todas las noches y le rogaré al tiempo que me tenga compasión para revivir mi corazón marchitado.

Comprendo que no quiero esperar otra vida para lograr sentir el amor de amores. No tiene que ser así porque tengo muchos años por vivir.

¿Cuál es mejor: el amor de mi Rey o del Morfeo?

[Cada madrugada al despertar, antes de levantarme y continuar con mi vida llena de detalles, le pido a Dios un mañana más, un mañana más, sólo un mañana más.]

Fingir

¡Lo quiero! Sé que lo quiero. Por mi Rey siento un amor muy grande y profundo. No lo puedo explicar. Espero que él sea quien me conceda todos mis sueños, anhelos y fantasías.

Entiendo que lo que una desea es fácil de saber y pedir, porque lo ha soñado. Lo que no es fácil es interpretar que hacer con los deseos.

A veces pienso que el carácter de mi Rey va a cambiar y no soportara mis berrinches. Tengo duda, pero espero que él no cambie ni por mí ni por él. Espero. Lamento el día que se marche de mi vida. No sé cuanto tiempo más pueda esperar. ¿Dios mío, por qué me siento así?

El mundo se puede revelar, puede expresar todos sus secretos y su riqueza, pero no cambia mi gran deseo: el deseo de un día lograr sentirme 'mujer'. Es cosa de mujer, igual de confuso como cuando las mujeres lloran sin querer. Somos así.

Me quiere, lo sé. ¡Me quiere, me quiere a mí! ¿A quién no le daría gusto? Él también sabe que lo quiero. Su mirada linda, y sonrisa me lo dice todo. ¿Qué más quiero? Aunque a veces una mirada no es suficiente. ¡Quiero más!

Una vuelve a nacer cuando está enamorada, su vida cambia, y espera que le dure para siempre. Aún esa vida es un sueño.

Mi Rey no tiene que decirme nada. No lo hace. Tal vez si de vez en cuando me dijera algo, sería un motivo para seguir aquí, en esta situación. Sólo con decir lo que piensa de mí, me levantaría el ánimo más. Al principio no me importaba, pero ahora ¡sí! Esa es la motivación que espero. Porque mi corazón necesita palabras románticas, y no importa que sean palabras robadas de una canción. Oír sus palabras sería bonito y yo lo apreciaría. ¿Cuándo! A veces mi alma extraña sus palabras de ternura y dulzura, así como las caricias de sus manos y labios. Y por el momento eso es lo que desea mi cuerpo.

Sea lo que sea, una expresión romántica siempre es deseada –a veces más necesitada–. Si no lo hay, si la situación sigue sin ella la chispa de amor se acabará. Las pasiones que una desea son de muchas formas: inocentes, nerviosas, dolorosas, calurosas, eróticas, y también dependen de la persona, el tiempo y la situación. Y el capricho es mi amo; me exige satisfacción y lo tengo que satisfacer sea como sea.

Sola no me siento, porque mi Rey siempre estará a mi lado. Él será mi compañero preferido. Sin embargo lo que añoro, mi deseo, no lo puedo explicar. Sé que es algo que me inquieta muy dentro, como una espina perdida en el cuerpo.

No dudo que a veces una desea más, y lo que le gusta se transforma en algo irreal; los pasos a la locura.

¡Existe! Entre los dos existe un bello y gran amor. Existe algo puro, algo inocente.

A veces mis deseos me confunden, pero trato de comprenderlos. Aún cuando estoy a solas soñando siento más deseo. Algo me inquieta por dentro: ¡Es la pasión! Y hace que mi cuerpo se avive; se apodera de mis sentimientos. No sé cómo explicarlo, pero es intenso y excitante, toma vida y me abraza salvajemente. A veces no me deja respirar. Después de que se me pasa, me siento tranquila y cariñosa. No puedo explicar la sensación y satisfacción que me da. La pasión es un dolor querido porque me avergüenza; pero a la vez es un tesoro.

Estoy segura que el temor y la inseguridad son suficientes para espantar a mucha gente, inclusive al amor, pero hay que ser fuerte y dar vida al valor. Sentir pasión no es aceptado como algo normal. Es mal visto para los 'inocentes'. Pero no es malo.

No entiendo lo que me pasa. Es como si algo conocido, deseado, me faltara muy dentro, pero a la misma vez me da pena. ¿Por qué?

Es cruel fingir placer en los momentos íntimos y engañar a mi pareja, pero no conozco otra forma. La familia o las amigas nunca me hablaron de lo que a mi cuerpo le iba a gustar. Ellos no cuentan lo importante. ¿Por qué? La experiencia con otras parejas ha sido más estorbo que ayuda. ¡Qué absurdo! Con mi pareja siento un ligero placer. Me entristece que sólo en sueños pueda llegar a los momentos más intensos. Sólo ahí es cuando siento alivio y satisfacción. No me gusta mentir ni fingir, pero no me queda de otra.

Hay mucha gente que vive así, que no se llena y tiene que fingir para hundirse en el placer a solas.

Aunque algo me complace mi Rey. Me da un placer agradable y añorado, pero no me llena. Intentar que mi cuerpo aprecie y conozca una vida normal es imposible porque he vivido muchas desgracias. ¡Mi vida nunca será normal! Permanecerá en un sueño y no podré apreciar una vida normal.

¿Quién ha logrado una vida normal? ¡Nadie!

Mi Rey no ha podido llenar el vacío en mi corazón: más que pasión, necesito comunicación, comprensión, compasión y mucho más. Desagradablemente eran las cosas que menos hablábamos. Lo siento amor mío. ¡Me disgusta, pero quiero sentirme 'mujer'! Y contigo no puedo.

A veces una piensa que la vida es normal, pero no lo es. Porque vivimos las vidas de otras, en un sueño. Y no hay nadie que nos despierte de ese sueño: pensamos que un príncipe azul nos va a 'llenar' todos nuestros deseos y carisias, pero él sólo es parte de llegar a sentirse 'mujer'.

Narrador:

La Novia se casó con su hombre ideal: ¡Su Rey! Fue conforme por mucho tiempo y de ese amor nació un hijo. Pero su felicidad fue incompleta porque este amor no lleno el vacío en su alma y corazón.

Su Rey, en sueños siempre fue, pero en vida, con el tiempo descubrió que el hombre nunca quiso ser su Rey. Él nunca se ánimo a realizar el sueño de La Novia. Día tras día ella se desanimó.

Otra vez se enfrentó a su pasado: las amigas, la familia, sociedad, su religión y cultura para dejarlo todo. Al no encontrar su felicidad por tercera vez, se retira de la familia y lo demás para seguir buscando otro camino.

Ella se desahoga llorando porque sabe que las niñas a veces lloran sin saber el porqué. Lloran sin entender y lo aceptan. Pero dentro de sus almas lo perciben todo aunque por el momento no lo puedan expresar. No saben cómo hablar de sus inquietudes. Ellas no tienen la capacidad de comprender lo horrible que es este mundo y al mismo tiempo no lo comunican así. Por eso ellas callan y lloran, que es lo único que saben hacer. Ahora La Novia no es una niña, pero por dentro, lo es.

Cada mujer es niña y cada niña es mujer: para cada una lo más hermosísimo y deseable es distinguir cuando se es niña y cuando se siente 'mujer' –conocer a sí misma por completo–.

El amor y la esperanza son eternos. Los años sólo marcan las historias de lo ocurrido. El tiempo nunca puede marchitarse sin que muera el deseo.

*Niña – Joven – **Novia** – Mujer*

# Quinta parte –

Sola

Fotografía: Montreal, Canadá / 2006

Narrador:

El deseo reprimido con el tiempo estalla de una manera desconocida. Nadie puede explicar cómo o el por qué. A veces no se puede explicar cómo una persona logra hacer lo imposible.

La Novia vuela con el viento de un lugar a otro. Es guiada por su corazón. Esta vez se aparta de su familia porque ellos ya son grandes. Ellos necesitan dedicar su energía a formar sus propias vidas. Ella quiere estar sola con sus pensamientos y penas; con su enfermedad.

No es niña ni joven, es una señora.

Para ella este tiempo aparte es cuando se desahoga lo que entiende y lo que no entiende. A su manera se recupera. La fuerza que llena sus venas —a veces en forma de rabia— le da energía para seguir su camino a lo que percibe es su gloria.

"El tiempo me quita vida, pero cuando la soledad me deje gozaré de la vida", nos explica La Novia.

¿Será que la soledad es el destino de La Novia?

Mi hija e hijo

Fui, soy, y seré madre y padre para mi hija e hijo; quienes en esta vida son mi única familia en que puedo confiar. Diga lo que diga la gente, mi familia nunca me reprocharán los pecados que he cometido. Haga lo que haga, de todas formas la gente me juzgará. Que hablen, que digan lo que quieran. ¡No me importa! Oídos sordos a sus palabras.

No soy un hombre, pero mis penas y sufrimientos, y como los pantalones que los hombres se ponen, los traigo bien puestos.

Mis hijos son las personas más importantes en mi vida, ¡nunca los abandonaría! Es cierto que alguna vez huí lejos, traté de llegar a un paraíso que no existe, pero nunca abandoné sus vidas. Lo que hice no fue en vano. No huí de ellos, sino que huí de mi pasado, la miseria. Me fui a vivir sola después que comprendí que la felicidad eterna no se iba a realizar con mi Rey.

Estoy segura que mi familia no me entiende: sus palabras vacías se quedan nadando en la oscuridad y el vacío del mar; y eso no sirve de nada.

Mi tristeza fue la motivación para huir a un lugar muy lejos, pero no huí por vergüenza. Pero como lo soñé, me alejé de mi familia. No fue mi intención, no lo quise así, pero así resultó. Me arrepiento de la distancia que se creó; pero no de intentar salvarme de la tristeza que me pudría por dentro. Tal vez mi tristeza no tiene solución, y por eso sigue mi locura.

Se huye no para salvarse, sino para salvar a las personas a quienes se quiere. Es difícil vivir con una gran tristeza en el pecho.

No sé que puedo hacer para deshacerme de esta soledad que me entristece.

Fue otro camino, otro error que desde niña conocí, una costumbre. Como una maldición y pena he cargado toda mi vida con la tentación de huir.

Mis hijos nunca fueron la razón de mi tristeza. Es cosa personal. Es cosa de una persona que quiere vivir la vida de un sueño, cambiar su vida por otra, y no puede. No es problema de ella y él, sino mío. Tal vez quise ocultar mi tristeza y lo logré por mucho tiempo, pero hoy resulta lo contrario. Con ellos siempre he sido fuerte, cariñosa, sonriente y alegre; pero pasó el tiempo y la tristeza me venció. Por mucho tiempo ya no he podido ser la misma.

Vas a vivir un sueño, muy pronto. Cada día me lo dije y cada día me mentí. Mi familia es el apoyo y su cariño me trae alegría y da satisfacción. Pero, aún con eso, si una no puede lograr sus metas, no se siente contenta. ¡Nunca! Si una no llega a la etapa que desea, no vive en paz con sí misma.

Sé que me han perdonado por haberlos dejado solos. También pienso que los he defraudado. Pero no es cierto. Quiero que mi familia lo sepa muy bien, porque no quise herirlos. Soy quien soy, nunca he cambiado mi carácter y nunca lo voy a hacer. ¡Nunca! En ese tiempo, cuando huí, los caminos de mi familia habían tomado su propio rumbo y formaron sus familias tal y cómo les había enseñado. Fui buena madre y buen padre, y sé muy bien que lo aprecian.

Creo que el carácter de una persona no cambia, sólo las situaciones la hacen reaccionar diferente, y la gente interprete cada situación a su modo.

Si tuviera otra oportunidad, no huiría. Sólo buscaría otro modo de combatir la tristeza como ir con una profesional para platicarle de cómo me sentía. Pero sé que no puedo cambiar la situación en la que me encuentro. Lo pasado es pasado, y hay mucho más camino por recorrer para lograr lo mío, la 'gloria'.

Sé que una tiene que optar por su bien cuando se dé la oportunidad, porque el bien de una es el bien para todos sus seres queridos. Ellos lo entenderían.

Mis hijos han hecho sus hogares y propias vidas, cómo lo esperaba. Eso me da gusto. Lo que desde pequeños les enseñé sobre la vida, lo han puesto en práctica, y eso me enorgullece. Los quiero y extraño mucho porque son mis amores.

Entiendo que como un árbol y sus semillas, lo más bello es verlos crecer y saber que sus ramas son fuertes y maduras como su madre.

Sola, y sin una pareja en quien confiar, nunca pude hacerlos felices. Ella y él tienen a sus padres biológicos, hombres que nunca supieron ser padres. Muy pronto me di cuenta que si yo no podía ser feliz, ¿cómo podía hacer felices a otros? No pude enseñarles la felicidad si yo nunca la he conocido.

No dudo que un padre es un hombre, pero no cualquier hombre puede ser padre.

Fue y es mejor para todos que cada uno siga su propio camino: su destino. Espero que hoy lo puedan entender. Dios, te suplico que los guíes para que ellos no pierdan la fe, en ti y sí mismos.

Comprendo que lo saben, lo entienden; pero que lástima que no hablamos sobre lo que tanto nos separa. La comunicación entre nosotros fue algo que no les pude enseñar. Lo siento.

Mi alegría hoy en día es ir por el camino que me lleva a mi familia: a ella y a él. La tristeza se esfuma y mi corazón se llena de alegría cada vez que viajo hacia ellos. Me da ánimo para continuar mi vida. Los quiero; y ellos me corresponden.

No importa la distancia del camino porque cada paso es un paso hacia un lugar más bello y alegre.

Somos felices sea cual sea la situación y eso es lo más dulce.

¡Duele! Duele esta terrible realidad, pero no nos queda de otra. Vivimos así.

El dolor es una patada en el estómago. Lo sé porque en sus miradas me lo dicen; con palabras no se puede explicar pero cada vez que nos encontramos, nos vemos, y sin pronunciar una sola palabra nos decimos todo. No les enseñé a comunicar entre nos. Sin decir, duele el no hablar, pero así se han dado las cosas.

De rodillas

Me siento incapaz de no dar más pasos en este camino –etapa– tormentoso de mi vida. No quiero seguirlo. Mis pies lo saben y me doy por vencida. ¡No puedo más! Dios, tengo confianza en que me has acompañado toda mi vida, pero no puedo evitar la duda. Muchas veces he sentido que me has abandonado.

Una se cansa; el cuerpo y la mente también. Después viene la muerte.

Señor de rodillas te pido ayuda.

¿Por qué no me salvas de esta vida? ¡Dime! Hoy dame una razón para no quitármela. La tristeza me secó el ánimo. La soledad me paraliza y mis pies no pueden seguir por este camino.

Entiendo que pase lo que pase, la oración puede conceder lo imposible. Una tiene que tener fe. Una tiene que creer en Dios para lograr lo imposible.

No me siento dichosa al decir esto: aunque soy católica no he mantenido la fe durante toda mi vida y tú bien lo sabes Señor. Estoy perdida entre dos mundos: el que conozco y entiendo, y el que he visto y desconozco. ¿Por qué este cuerpo de carne y hueso no me deja vivir una vida normal para lograr mis deseos? Aún conozco tus palabras buenas pero mi mundo me ha manchado con su maldad. ¿Qué puedo hacer?

Reconozco que dejar de ir a misa no significa perder la fe; sino dejar el camino que marcaste con tus palabras. Sigue tu camino de virtud y nunca dejes tu camino sin importar lo que los otros hagan. Sigue tu sendero y fe. Tú sabes del bien y mal, lo correcto e incorrecto.

Señor de rodillas te pido ayuda.

Señor, eres visible y al mismo tiempo invisible. Es como intentar conocer el mar sólo por la orilla de la playa. ¡No, no se puede!

Acepto que en la vida no se puede conocer todo lo bueno y malo, pero con la guía de Dios se puede vivir más en paz.

No te puedo conocer y por eso, no entiendo lo que pides de mí. Pienso que por haber pecado, estoy condenada, y como siempre me siento perdida. ¿Por qué?

Dios me oye y nos oye. Nos escucha, porque Él es grande y poderoso.

Sé que una persona no puede vivir con temor a lo que no entiende. Es como tratar de conocer por completo a otra persona. ¡No, no se puede! Cada persona 'normal' tiene el derecho de escoger sus caminos y abrir o cerrar las puertas que se le presentan. Tampoco es posible vivir dos vidas: una para agradar al mundo y otra para agradar a ti misma.

Pero hay gente que trata de vivir dos vidas. Las apariencias existen en aquellos que no tienen fe. A la que sólo le importa seguir la corriente; lo que la sociedad y cultura les dictan. Esta clase de vida termina por cansar el alma. Lo he hecho sin tener razón por qué. ¡Nunca me ha gustado!

Es imposible saber que en este mundo existe una persona completamente feliz. No dudo que es muy fácil caer en la tentación de encontrarla, seguir al resto de la gente. Así nadie será feliz. ¡Una tiene que sudar por la felicidad!

Señor de rodillas te pido ayuda.

Dios mío, sé que en la tierra hay guías y templos que enseñan a dar el primer paso hacia ti. Lo que no entiendo, y no me da confianza, es la forma que las guías son con la gente en general; ellos son difíciles de comprender y a veces groseros. ¿Por qué?

Entiendo que cada religión es una institución y tiene sus formas de entender las palabras de Dios. Una tiene que saber cuál religión le nace del alma y después tiene que aceptar que el hombre impuso esta religión.

Las guías, a su manera, han convertido tu palabra en su palabra —y con cada guía la interpretación es distinta—. Ellos nos juzgan por no entenderla sin que ellos sean juzgados. Tal vez porque son de carne y hueso, como yo, se les perdonan sus ofensas. ¡No hay justicia! Ellos tienen el mismo defecto que yo: la tentación. ¿Qué razón me das para entender todo esto, Dios mío?

Estoy segura que si hay o no hay fe, ella siempre debe de ser nuestra guía. Si, a veces una teme a las personas sin fe, y por temor las siguen, ¿qué sería de nuestras vidas? ¡Oscuridad: Soledad! ¡Para mí no!

Señor de rodillas te pido ayuda.

¡Mejor guardo silencio! y no expreso lo que se me viene a la cabeza. Intentaré portarme bien cuando te visite, Dios mío. Sé que miras tras el rostro falso. Y no quiero engañarte. Sólo espero que al morir mi vida sea interpretada como la vida de una persona que vivió a su manera y lo que no entendió, intentó entenderlo a su manera. La fe me guió entre tormentas y arco iris. Si, a veces era imposible entender mi lugar, fue tarea para otro día. Pero, sabes muy bien Señor que no te fallé. Regresé otra y otra vez a tratar de entender lo que no pude entender antes.

Sé que una sabe cuando engaña a otra persona y también una se autoengaña.

No quiero que me compares con otras vidas sin fe, porque sola al mundo vine y entiendo que al dejarlo sola me iré. No cabe duda que la gente sin fe necesita el apoyo de otros para sobrevivir. Piensan que en su muerte, las mismas personas que los guió, los van a ayudar. No es así. Ellos están perdidos. ¡Yo no soy una vida perdida!

Entiendo que al nacer Dios te presta una vida y un tiempo en la tierra. Esa vida la tienes que vivir, y al final la tienes que devolver.

Y comprendo que estoy loca. Todo lo que me ha pasado en esta vida indica que lo estoy, pero no soy una estúpida, porque sé y distingo entre el mal y bien, lo correcto e incorrecto.

Sigo la fe, ella me guía, ¡siempre!

Las lágrimas de ayer

Hoy vuelvo a llorar. Es la primera vez que la familia me ha visto hacerlo. Me da pena saber que otra gente me ha visto llorar, y por fin hoy, es la familia que lo ha hecho. Se quedaron sorprendidos. Ellos nunca supieron de la miseria que he vivido. ¡Nunca! Tal vez fue por mi orgullo que les puse vendas en los ojos, porque nadie conocía lo que yo sufrí antes.

Creo que la pena no existiría si realmente nos entendiéramos entre ellos y yo. Ahora no lo creo. Tarde o temprano ellos tuvieron que saber las penas que ellos desde niña me causaron.

No sé ni cuando fue, pero hace tiempo que mis ojos dejaron de llorar por el ayer. No entiendo la razón por la que, aunque sufría, no podía llorar. Tal vez lo que sucedió fue esto: mi cuerpo transformaba cada lágrima en piedra y ella representaba un tumor.

Confieso que es posible dejar de vivir cuando todavía la sangre corre por las venas. Una se adata; se puede vivir soñando porque el cuerpo lo acepta. En mi situación mi alma se canso y quiso dejar de sufrir, por eso ordenó a mi corazón que dejara de llorar; pero él no pudo prevenir la tristeza. Y no dejo de llorar, aunque esas lágrimas nunca llegaron a mis ojos. Sin embargo, cada lágrima se convertía en piedra, en un tumor que se enraizaba profundamente en mi cuerpo.

Aún la gloria se representa en sueños. ¡Qué lástima! ¿Por qué? ¡Quiero gritarle al tiempo perdón! Mas ya no puedo. Quiero suplicarle al tiempo otra oportunidad. Pero no vale la pena gritarle al tiempo porque no me oye.

Sé que los sueños forman parte de una vida normal, balanceada, porque sin ellos cada una de nosotras enloquecería. El tiempo también tiene mucha importancia porque nos marca cada día. No hay recuerdos sin él. Nos deja saber si estamos soñando.

¿A mi edad cómo podré lograr lo que más deseo? Un día quiero lograr sentirme 'mujer', eso es lo que más deseo. ¿Por qué sufro tanto!

Una sufre porque quiere sufrir: si una no quiere sufrir hay que olvidarse de los deseos. ¿Será cierto?

Me sobra tristeza pero no puedo llorar porque mi alma no quiere sufrir. Mis lágrimas son como piedras dentro del mar, escondidas debajo del agua. Entrar al alma de él es como entrar a la profundidad de lo inmenso y conocer lo prohibido del pecado. Es conocer lo más secreto del espíritu: es ahí donde se entienden mis penas, barreras, pretensiones y mi profunda oscuridad.

Estoy segura que como en el mar, en el cuerpo de la mujer existe la profundidad, sensualidad, complejidad, dulzura, inquietud, violencia, el cariño, dolor y calor.

Como algo natural, cada piedra se posesiona de una parte de mi cuerpo. No sólo en un rincón, sino de pies a cabeza se esconden debajo de mi piel como se esconden piedras en el mar. Su peso duele, pues es el recuerdo del sufrimiento del ayer. Por mucho tiempo mi alma se equivocó al intentar aparentar una vida de felicidad. Cada piedra es una lágrima reprimida. Al tocar mi cuerpo se marca de dolor y moretones. El sufrimiento seguía de otra forma.

No dudo que el cuerpo se adapta a lo que una quiere, pero no aguanta mucho.

No es fácil deshacerse de cada piedra porque cada una también es parte de mi autodefensa. Cada vez que intento destruir una piedra, tengo que soportar más la melancolía. Dentro de cada piedra están guardadas las pesadillas de mi pasado. Por ahora me liberan del mal, porque están atrapadas. Soltarlas sería lo peor.

Entiendo que el coraje y odio no nos nacen del corazón, sino que con el tiempo se adaptan después de maltratos, engaños y sufrimientos; son nuestras defensas contra lo inevitable. Sé que cada una de nosotras forma su autodefensa para combatir el odio que siente hacia sí misma. ¡Qué brutas somos!

Aún las piedras casi me quitan la vida. No sé cuanto más podré soportar la pena y el peso de ellas. Pensaba que un día las piedras cesarían de producirse dentro, pero continúan creciendo.

Por el momento no tengo otra forma de deshacerme de la tristeza. ¿Qué puedo hacer?

Cada defensa se separará de los sentimientos y pensamientos, pero al mismo tiempo al separarse esa defensa daña al cuerpo.

Aún sigo el camino hacia la gloria, lo que mis sueños me han marcado en mi mente y corazón. Por seguro los pasos que debo dar implican mucho sacrificio, pero es mi deber. No me importa lo que diga la familia ni las amigas. No estoy loca. Mi gloria es mi destino y por el momento nadie en esta vida ha podido entenderlo. Quisiera destruir cada piedra, pero no puedo. ¡No puedo!

El corazón es guiado tras la oscuridad cuando las voces de los demás no se oyen. Lo pasado cuando afecta el presente, duele más. No deja olvidar y que una se supere.

Mas me aguanto el sufrimiento, y trato de destruir las piedras. Tomó tiempo y mucha fuerza mental y emocional hasta que ¡lo logro! Mi alma no tiene otro remedio y se da por vencida. Una por una cada piedra explota; son alivio y me traen dolor pero me aguanto. Porque ahora respiro más profundo. Y mis ojos de nuevo lloran de tristeza y también de felicidad, ¡qué placer poder desahogarme!

Una al desahogarse vuelve a nacer y le sobra la motivación y energía para seguir su camino.

Todavía la familia es indiferente a mi situación, sea del presente o del pasado.

Las lágrimas, son mis recuerdos; son las tristezas del horror del ayer. No temo su derrota, su muerte. Me siento un poco mejor al saber que la familia y las amigas saben ahora de mi triste pasado. Ellos ya reconocen la miseria que fue mi ayer.

Una no puede deshacerse del pasado, pero se puede combatir al pasado con esperanza y confianza.

Sé que hoy, mañana o pasado mañana habrá más lágrimas por mi camino hacia la gloria; por cierto es imposible destruir todas las piedras. ¿Por qué? Cada tesoro tiene sus sacrificios –destruir mis penas– sin embargo es mi deber sentirme 'mujer'. Lo sé, lo entiendo y nadie en este mundo me quitará el deseo, y mucho menos los recuerdos aun que sean lo que sean; más ventaja para mí.

Una no puede borrar una vida y cambiarla por otra, pero una tiene el derecho de seguir luchando por una vida llena de felicidad.

Estoy segura que soy así: loca, soñadora y enamorada. ¿Qué más puede ser? Soy quien soy.

Enferma

Mis manos y pies no pueden ayudarme como lo hacían antes. El trabajo duro y pesado fue mi labor por muchos años y hoy no pueden soportar más. Ahora es molestia que me entumece y paraliza el cuerpo. Tampoco puedo con cositas que antes me forzaba a hacer ejercicio: limpiar, lavar, cocinar y recoger. Los doctores no han podido identificar mi enfermedad. Me dicen que es una cosa o la otra: alta presión, diabetes, depresión, menopausia, y otras cosas que no entiendo. ¡Qué odio y qué coraje me dan esos imbéciles! Puedo decir lo que esos médicos son, pero nada gano.

Aún sé que los sueños me ayudan y dan ánimo para hacer lo imposible, porque en ellos camino, corro y brinco.

Otro día, y otra cosa que me duele, pero tengo que lograr superar esta enfermedad.

Comprendo que no se puede luchar contra la enfermedad; el tiempo es lo único que una tiene que aprovechar.

Mis hijos me necesitan sana y alegre, y yo a ellos. Me alegra saber que a alguien le hago falta. Me alivia y tranquiliza su apoyo. Por la voluntad de ellos tengo fuerza y duermo en paz. También me doy cuenta que mis esfuerzos les dan valor, seguridad y esperanza. Sé que ellos siguen queriendo aprovechar los años a mi lado. ¡Soy valiente! Por eso mi familia no teme al enfrentarse con las dificultades que la vida les trae. Ellos recuerdan mi situación y se dan cuenta que no se compara con sus penas, y a su manera se consuelan.

Además es un orgullo para una madre el saber que todos nos apreciamos, necesitamos y apoyamos siempre. La madre en mí brilla y me da alegría, es felicidad y mi enfermedad se minimiza.

Estoy segura que cuando una está enferma se siente sola, y la soledad llama a la tristeza. Y ella se come a la persona día a día.

Aún no me doy por vencida. Me conozco, no soy así, tengo más valor y carácter para lograrlo por mí misma. Soy querida y tengo quien me llore, pero por mí misma seré feliz. Tal vez mañana no lo lograré, pero un día sí. Así soy: valiente, sonriente, capaz, fuerte y cumplidora. La niña en mí me da la energía para reconocer lo que una vez, soñé años atrás. Cuando ella necesita más energía, recuerdo la sonrisa que el sol me brindaba, y la recordaré por el resto de mi vida. Eso me tranquiliza.

Sé que añoro el valor en mí, porque es mi medicina preferida, es lo que me da más ánimo.

El sol sale todos los días sin temor; es recuerdo y motivación. Siempre es lo que me ayuda a recordar lo que se puede lograr; quiero seguir el ejemplo del sol.

Lloro día tras día sin querer saber la razón por la que lloro. Tal vez para calmar la oscuridad que me derrumba.

De vez en cuando el deseo de dormir para siempre se revuelca en mi mente. Trato de no ponerle atención.

Para mi bien tengo que vencer esta enfermedad para lograr mis metas. Dudo que físicamente pueda: ¡Lo entiendo! Es el resultado de un pasado lleno de miseria.

Comprendo que lo vivido es una fuerza buena o mala que una tiene que vencer y aprovechar para seguir su camino.

Sólo Dios sabe la razón por la que me quiere ver tan pronto, más de lo que me imaginé. La enfermedad empuja mi salida de esta tierra. Si ese es el deseo de Dios, ¿qué se puede hacer?

Los demás

¿Por qué esta condena Señor? ¿Qué le hice a esa gente? ¿O qué no le hice? Hay momentos en que siento que mi hogar es una jaula. Estoy presa y sólo un incendio me libraría. La gente –los demás– que me conoce y sólo me quiere a su manera me cansa. A veces quiero estar sola con mis pensamientos, recuerdos y deseos; y ellos no me dejan en paz, además por lo tanto me molestan.

Comprendo que no es posible estar sola con gente que pretende quererte, ¡no se puede! ¿Qué quieren de mí?

Conozco a gente que dice muchas cosas feas y dolorosas de las demás porque no tiene otra cosa que hacer. Esas personas sólo dicen tonterías.

Hay gente que sueña con vivir otra vida más sana o bonita porque su realidad es otra. Es por eso que sueña con vivir una vida mejor, y como no la tiene, se desquita con otras personas.

Los culpables son aquellos que les dan oído. Culpo a quienes les siguen la corriente. De mí dicen: "Eres y serás siempre incapaz de lograr tus metas. Tú siempre serás una niña y no importa la cantidad de canas que tengas". ¿Qué saben de cómo se logra un sueño?

Hay personas que se hacen las tontas, voltean la cabeza para ocultan su verdad. No dicen lo que su corazón quiere decir. Y esa gente piensa que me está protegiendo sin que yo se lo pida. Según ellos me quieren. ¿Qué bien me hacen? ¡Ninguno!

La gente no tiene valor y cariño para entender la diferencia que existe entre lo malo y bueno; lo correcto e incorrecto. Porque la simple diferencia es que lo bueno y malo cambia con cada situación, pero lo correcto e incorrecto, no. Por ejemplo, el acto de matar a una persona es incorrecto, nunca bueno, y decir malas palabras a otra persona es cosa malo –pero a veces lo bueno depende de la situación–.

También, lo que me da coraje y lástima es que los demás no reconocen ni entienden que su conducta no es correcta y me hacen la vida imposible.

Estoy segura que estas personas tratan de hacer la vida imposible a otras personas porque viven vidas amargadas. Lo absurdo es que no se dan cuenta de su triste realidad.

No necesito vigilancia, sin embargo la tengo día y noche. Como policía los demás me espían para saber lo que hago o no hago hora tras hora y enterarse en donde estoy. Mi conciencia está tranquila porque nunca he cometido una maldad o delito. ¡Nunca! Debo confesar que a veces me ha dado la tentación de hacerles una maldad, pero lo haría solamente como broma para distraerlos un ratito y darles algo de qué hablar.

A veces es placentero esconderme en mi hogar, por días y días, sin decir o hacer nada, para desviar la atención. Y pienso que tal vez ellos se molestan por no saber de mí y luego buscan a otra a quien molestar. Pero es imposible esconderme con tanta gente buscándome. Como cuando era niña y me ocultaba, siempre había alguien que me encontrara para maltratarme o decirme una grosería. Si unos se van, otros se quedan. Sin embargo escondiéndome les da más razones para molestarme. ¡No gano!

Lo que sucede es que no pasa mucho tiempo hasta que uno de ellos toque la puerta para poder entrar a mi hogar. La excusa siempre es la misma: "¿Qué te pasa?". Y mi respuesta es siempre la misma: "Nada". Pero ellos no se van. Me investigan como si yo fuera un criminal. Ellos me preguntan de esto, de lo otro, y mucho más. No me ayudan, sólo me vuelven más loca. ¡Qué resentimiento!

Siento que es un conflicto: por una parte es agradable tener visita, pero no vienen a verte, sino a enterarse de cosas, para calmar la sed del chisme.

¿Cómo puedo salirme de esta pesadilla que me tiene encarcelada? Salir de mi hogar es la única libertad que me queda. Y cuando siento que una nube negra cubre mi mente, huyo. Me voy a donde la carretera me lleve y en ocasiones sin dar explicaciones. ¡Qué dulce se siente la libertad! En esos momentos la melancolía y los guardias de la prisión no existen porque no les doy razón para existir.

Estoy segura que una no puede vivir sola, aunque esté rodeada de los demás, porque una se pierde con ellos. La vuelven más loca. Entiendo que no siempre será posible huir, pero cuando se puede, se hace. Una tiene que vivir lejos de la gente para ser feliz. No todo el tiempo se puede, pero cualquier distancia ayuda.

El hechizo

¿Quiénes lo saben? Esas personas no tienen vergüenza de seguir ocultando lo que me envenena. ¿Quién lo entiende? ¿Por qué no me lo cuentan las amigas? Las amigas siempre tienen miedo de decirme lo importante. Es cruel que me oculten lo que puede ayudarme. ¿Quién fue? ¡Quién es capaz! La locura me empaña la mente, me altera los nervios y pone a mi cuerpo en estado de pánico. ¡No soporto la crueldad, y aún más si es de personas que conozco!

Sé que tengo que apoyarme en pensamientos positivos si quiero sobrevivir esto.

¿Quién me hechizó? La gente que me rodea me engañó. Sé que esas personas me conocen, las he visto en la calle, en el mercado y en las fiestas. Algunas son las amigas.

¿Por qué son tan inhumanos? Existe gente mala, pero la mayoría son personas buenas, pero con el tiempo la maldad pudre a las personas buenas.

¿Quién puede vivir en un pueblo y conocerlo sin que el pueblo te conozca? En un pueblo no se puede vivir aislada –escondida– porque todo se sabe y todas las personas te conocen. No te conocen tal cómo eres. Te conocen por medio de los chismes –habladurías de la gente–.

Pienso que repentinamente alguno me hechizó. Aún no puedo comprobar que estoy embrujada. Sin embargo al cerrar los ojos cuando el sol baja siento la maldad. Al despertar y antes de abrir los ojos, como la ardiente luz del sol, un coraje corre por mis venas y explota en mi cabeza. Al abrir mis ojos siento mi rostro y cuerpo acalorados. Cada doctor que me ha examinado dice lo mismo: "Señora, no le pasa nada. Todo está bien. No se preocupe". Sus palabras me enloquecen. ¿Quién sabrá de hechizos?

Entiendo que por el día no existe la maldad, no tiene vida porque personas buenas me rodean.

Pase lo que pase voy a seguir el camino que comencé hace más de 30 años. Me he desviado un poco, pero no me importa. Conozco a otras personas que la envidia las ahorca, y con esa actitud malvada han fracasado. Han enterrado sus sueños. No les parece ni les gusta el motivo de mi ánimo. Ellas saben que yo también he fracasado tres veces; y cada vez he recogido mi orgullo del suelo para continuar otro camino.

Nadie me manda; yo me mando. Sigo mi lucha contra la corriente. A pesar de que vuelva a fracasar y le sigan lloviendo malicias a mi destino, el deseo de seguir me servirá de protección.

En cualquier lugar existen las malas hierbas, costumbres raras y los tabúes. También personas que no tienen nada que hacer, ociosas, y que envenenan sólo por vicio. Lo bueno, la palabra de

Dios, no es suficiente para derrotar la crueldad que estas personas les gusta escupir como víboras venenosas.

Esas personas son mensajeras del diablo; son malas hierbas. No entiendo las razones por las que conviven con nosotras.

Todavía no puedo superarme sin la ayuda de las amigas. Pero no sé por dónde empezar o en quién confiar.

Existen amigas en quien confiar, pero la timidez les ahoga sus voces.

Mejor me callo, me trago mi orgullo, mis sentimientos y preocupaciones. Intento controlar mis nervios, mas no puedo aparentar calma. Que sus malditas hierbas y hechizos den conmigo. Y es esa rabia que me hace hervir la sangre y espero que con el tiempo derrote la malicia que arroja esa gente.

Es más fácil que una rosa marchite a que muera la mala hierba. Estas gentes confirman el dicho de "mala hierba nunca muere".

La fe, la perseverancia, y mi capricho, como siempre, me han salvado. Son la fuente de mi fuerza. Sin la fe no puedo vivir tranquila; no podría haber soportado los fracasos. ¿Será capricho creer en una cosa que no se ve, que no se puede tocar? ¿Será que sólo por creer en eso la fuerza aumenta? Una siente que todo lo puede lograr. Hasta lo imposible parece alcanzable. Esto es lo que me ha servido como la defensa más útil. No me falla.

Lo que una percibe, la motiva, cuando todo parece imposible.

Existen personas que reconocen lo positivo de otras personas. Esas personas también saben cuando las personas son malas. Y de repente estas personas se aparecen con buenas noticias.

Estoy segura que no importa quienes sean esas personas; una tiene que tener fe. Con el tiempo lo bueno aparece, y con él la salvación.

Así me paso a mí; estaba deprimida y un día de primavera alguien tocó la puerta. "¿Señora, señora, señora está en casa? Le vengo a contar...", me digo. Nunca supe quién fue la señora que me despertó de la depresión –del hechizo–. Sé que fue de las personas fieles. ¡Me alivió!

Sola

Ahora quiero estar sola. No importa la cantidad de personas que me rodean en mi hogar o en la calle, me siento sola. Siento un vacío que no puedo explicar. El motivo: no me siento cómoda rodeada de tanta gente, sea familia o desconocidos. Quiero estar sola. Quiero descubrir por mí misma lo que significa el vacío dentro.

Me conozco y es mejor aguantar la soledad a solas.

Tal vez otra gente en mi situación tiene que tener desconocidos a su alrededor como protección; pero para mí esa clase de seguridad es un estorbo. ¿Quién sabe por qué? Estando sola sabes con quién vives, te acuestas y platicas. Sabes bien quién te tortura la mente y te miente día y noche.

Mucha gente tiene a desconocidos como compañía sólo por tener compañía. Esto normalmente se acepta como algo común. Para mí no.

La familia o las amigas me acompañan como sombras por las tiendas, los restaurantes y el mercado. Sin aviso llego sola, y ellos después llegan. Ellos se mienten solos porque sus rostros dicen lo contrario; me hablan para aparentar amistad. No les pongo atención. Luego me gritan que los escuche. Sus voces son como el ruido del tráfico: enfadoso y confuso. ¿Por qué? También ellos van y vienen de mi hogar, como viento desconocido, sin embargo no les pongo atención. Y se enojan. ¿Qué quieren de mí?

Es triste descubrir que la gente que te quiere, no te quiere cómo lo pensabas. Sus palabras no coinciden con sus caricias. Las palabras me golpean como me golpeaban cuando era niña. Me desnudan, humillan y desprecian. Son las falsedades que me cubren de pavor.

Sola me consuelo. Ignoro a la gente que se me acerca, aunque es conocida. Sólo me estorban.

La soledad es mi compañera; me entiende. Es mi amiga. Cuando estoy sola, el sol da vida a mi hogar, ilumina la cocina, sala y el comedor. El viento me cobija con un aire caluroso como si fuera una persona. Me abraza fuerte de pies a cabeza, me baila como remolino de la cocina al comedor y del comedor a la sala, y luego a la cocina. Mis testigos son el sudor y los suspiros.

De vez en cuando la mente baila de emoción para calmar los nervios: es la mejor amistad. Las niñas tienen amigas imaginarias que las ayudan a desarrollar la amistad y comunicación. Los adultos tienen a la soledad que les ayuda.

Después me siento en la cama para respirar la tranquilidad, y me siento cómoda. Luego como un ángel la soledad aparece. Ella y yo platicamos de la cocina a la sala, y de la sala al comedor. Cuando hablo con ella es como comunicar con mi reflexión; es algo conocido pero extraño y entre nervios da curiosidad. El tiempo nos pasa sin pasar.

Ese tiempo se siente como el primer beso: tierno, dulce, eterno y rápido a la vez.

La soledad y yo nos queremos y eso es lo importante. Respiro profundo porque la tranquilidad me abraza. Mi alma resplandece de alegría.

Las personas que me adulan por un lado y por el otro intentan lavarme la cabeza. Ellos no valen. ¿Qué razón de ser tienen? Ellos no tienen vergüenza. Ellos vienen y van a su antojo como si su presencia tuviera mucha importancia en mi vida.

No dudo que la mayoría de la gente es buena, pero existen personas que sólo te quieren ver sufrir.

A veces esa gente sí la tiene, pues representa el vacío que siente mi corazón. Porque esa clase de personas son parte del recuerdo, y da luz a la tristeza que me pudre por dentro. Me dan a reconocer que necesito seguir mi camino, y no de otros ya traspasados –engañosos–.

Entiendo que a pesar de que ellos a veces estorban, otras veces ayudan a fortalecer las penas que una lleva por dentro.

Lo que me molesta es que esa gente se pinta la cara de ángel, pero en realidad son lobos disfrazados de ovejas. Nunca se muestran tal cómo son. Sé que al fin y al cabo son demonios. Esa gente me quiere engañar, y violar la mente con maldad; pero esas personas sólo se engañan entre ellos mismos. No vale esa clase de compañía.

El diablo no es más que la misma gente.

Cuando era niña, tenía una amiga invisible. Mi amiguita existía sólo en mi imaginación. Recuerdo que la mayor parte de mi niñez fue llena de soledad y tristeza –las enfermedades que hoy me acompañan–. Yo misma era mi compañía; y ella me conocía y platicaba. Recuerdo cuando jugábamos a solas por horas y horas, sin preocupación de desengañarnos. A mi amiga le contaba todo sobre mis sueños, ilusiones, tristezas, alegrías y mi futuro. Ella era mi amiga, no tenía otra persona en quien confiar.

¿Cuánto me quiero? Me quiero mucho, y es por eso que consigo una amiga con quien pueda jugar: la soledad. ¿Quién se abandona a su suerte? ¡Nadie!

Estoy segura que la gente viene y va, a veces son amigas, a veces no lo son. Son pocas las ocasiones en que la gente que viene se queda, luego esas personas se convierten en amigas por el resto de tu vida.

La amiga que me acompañó durante mi niñez me vuelve a visitar. Otra vez está aquí en mis días de tristeza y esperanza.

Con alegría en mi rostro y alivio en mi alma, le abro la puerta de mi corazón cómo lo hice hace muchos años atrás. Tal como fue mi niñez, estoy sola y así quiero estar. La soledad es mi única amiga. ¡Quiero estar sola!

El tiempo pasa, pero las cosas y una no cambian. ¿Por qué? ¿Será que las jóvenes que han pecado son condenadas por el resto de sus vidas? De niña la soledad me ayudaba a comprender mi situación. Hoy espero que su compañía me ayude a vencer el vacío profundo en mí. ¿Qué será de mí? No lo sé.

Noche, luna y vino

La música de una fiesta frente a mi hogar se escucha fuerte y alegre. Mis pies adoloridos e hinchados comienzan a seguir el ritmo de cada canción. Esta noche no tengo canciones preferidas porque mi hogar acompaña esa fiesta. ¡Que pongan canciones para bailarlas! Mis labios cantan la letra de cada canción. A la vez me gustaría acompañar al grupo y cantar con ellos cada canción para no estar sola, pero mi cuerpo no aguantaría estar parada por mucho tiempo.

La música nos ayuda a relajarnos. El cuerpo siempre aguanta, pero sin pareja, ¿por qué intentarlo?

Sólo me acompaña la luna llena, y mi pareja es la sombra, pero esta noche se acerca poco más, como si quisiera darme un beso. ¡Qué linda! Esta noche de luna llena tenemos fiesta hasta la madrugada.

Una botella de vino también me acompaña. Es mi medicina. Sé que es un riesgo tomar alcohol en mi condición, pero las medicinas no me pueden levantar el ánimo. Esta noche la música y el vino son mis vitaminas.

Dicen que es peligroso combinar alcohol con medicinas, pero hay que saber vivir, antes que el deseo nos deje, y que cese de existir en una. Tenemos que aprovechar las oportunidades que se nos presenta cada día. De vez en cuando una tiene que ir contra la corriente.

Mi rincón -hogar- está de fiesta esta noche. Yo seré la invitada de honor. ¡No me canso de decirlo! Sea de lejos o cerca necesito sentirme parte de la fiesta para desahogarme. Con cada trago de vino me siento capaz de bailar toda la noche, como cuando era una jovencita, una quinceañera. En ese tiempo por allí, por allá y por toda la pista bailaba hasta que mis pies, como hoy, se hinchaban.

Y sé que el alcohol no es el que me trae la alegría. Aunque el vino saca la felicidad encarcelada dentro de mi alma. ¡Soy libre! ¡Soy feliz!

El recuerdo de tiempos atrás nos ilumina los caminos por delante. Estoy segura que una baila para expresar lo que siente en el corazón. Los sentimientos son las guías de los movimientos.

Son las doce de la mañana y el sueño se me ha pasado. La luna sigue iluminando mi hogar. La botella está vacía. Los músicos siguen tocando alegremente, y yo sigo con más ánimo. ¡Que vivan los novios! ¡Que vivan los novios! Que sean felices para siempre. También deseo ser la novia de esa boda -no es la primera vez que he tenido este deseo-.

Después de estar parada por un buen rato me siento, descanso y pienso: esta noche podría haber sido mucho mejor si hubiera tenido un compañero que me valorara. Porque gusta apreciar la noche, luna y música al lado de un hombre que conceda mis deseos y caprichos. Él tendría que saber cuáles son mis intenciones en ese lugar: no quiero estar entre la muchedumbre para lograr un ambiente alegre. Él tendría que entender eso para poder acompañarlo. No es mucho lo que pido, ¿verdad?

He bailado muchas veces, pero pocas me he sentido bien acompañada. Qué triste realidad, y por eso estoy sola.

El alcohol se ha apoderado de mí y se va conmigo a la cama. El frío del viento me cobija; el calor de mi sangre me protege del mal –no me voy a enfermar más–. La alegría sigue brotando dentro de mis venas, sin tomar en cuenta el fin de la fiesta. Sigo pensando que soy la invitada de honor. ¡Tonta! También un dolor de cabeza se me viene encima, y me marea el viento tratando de tumbarme. ¡Qué fiesta! Llego a la cama y me acuesto, no a dormir, sino a seguir soñando.

¿Fue un sueño? No, no Dios mío, no me engañes así.

El alcohol, al igual que la alegría, me permite olvidar el sufrimiento.

Dudo que haya sido sueño, porque de vez en cuando así pasan las cosas. Por no conocer lo bello que brinda la vida, una piensa que lo bonito de la vida es un sueño.

Narrador:

Tampoco sola encuentra la felicidad.

Le sobran ganas, pero tiempo no. Ella quiere conquistar su vida, sin embargo el mundo actual –el cual vivimos todos– la detiene. Su cultura, religión y la sociedad son demasiado fuertes para ella. No tiene otra forma de expresarse, sólo humillarse, someterse y callarse para complacer a los demás como cuando era niña. Vive en una red de muertos de hambre, a quien les falta sentir la alegría sudar por los poros día y noche para saber que están vivos.

Pero como siempre, dulces sueños le guían en sus días de tormentas. Son su motivación a lo siguiente y en ellos el tiempo no importa.

¿Será que los sueños son más poderosos de lo que la vida nos enseña a conocer? Para ella sí.

*Niña – Joven – **Novia** – Mujer*

Sexta parte –

Mañana

Fotografía: Vero Beach, FL / 2006

Narrador:

Otra día, otra oportunidad para La Novia.

Los pensamientos de ayer ahora le traen poco de calma, porque es el pasado; lo ha aceptado. Nunca más los quiere vivir. Cada recuerdo le trae pena y agita el corazón; la sangre se le viene a la piel.

Aún dura horas pensando y llorando. Se queda entre la conciencia y el sueño. Luego de repente abre los ojos y se levanta: respira, respira, y respira profundo por un largo tiempo hasta que despierta del pasado. Sonríe, su corazón nuevamente se calma porque se da cuenta que sólo son recuerdos. Sabe que hoy es un nuevo día, otra mañana para caminar. Con cada paso se aleja del ayer y acerca a su meta.

Cada vez que le pasa lo mismo se entristece en lo de ayer por un buen rato, pero el ánimo la despierta.

El jardín

Soy una rosa esplendorosa en un jardín pequeño, dentro de un parque desconocido, compartiendo el sol y la tierra con otras flores. Aunque somos muchas, cada una tiene su belleza, color y olor particular. Hay tulipanes, claveles, petunias y girasoles que extienden su elegancia y iluminan el jardín como parches de colores; como sólo un pintor puede crear en un cuadro de arte.

Compartir el suelo, aire, agua y sol no me importa, pero es difícil competir con estas flores, son crueles.

El jardín fue creado por Dios. Las flores, como las mujeres, son tan distintas; fuertes, inteligentes, delicadas y bellas. Son únicas.

No hay duda que fue un artista con mucha pasión en sus venas él que creó este jardín. Pintó el jardín y la tierra, tallo por tallo, hoja por hoja y el cielo hasta alfombrar el jardín con flores que de sólo verlas transmiten gusto y placer. Y con un roce en sus pétalos acarician el alma y corazón.

No es fantasía, existen jardines –lugares– que son tan bellos que una piensa que no son reales. Pero están escondidos.

Igual cercas de mí había flores que eran ignorantes a el ambiente del jardín. Sólo sabían comunicar palabras grotescas. Me molestaba estar cerca de ellas. Ellas me juzgaban por tener y no tener color, brillo y altura. ¡Hipócritas! Otras flores me juzgaban por sonreírle al sol cada mañana y bailar con la tierra de vez en cuando. Y otras me juzgaban por balancearme -bailaba- con el viento de lado a lado y gozar del agua que nos caía.

Es difícil compartir el suelo con flores que te hablan y hablan, pero sin decir nada. No dudo que ellas sólo tenían envidia en sus tallos.

Ellas temían a las tormentas, con sus lluvias y relámpagos. Yo gozaba de sus baños porque me limpiaban del mal y el veneno que la tierra a veces nos traía. También la luz y el ruido de los relámpagos me traían placer. Daban vida a la noche y por unos segundos su tempestad me calmaba. A las otras flores nada les traía placer, y por eso me tenían odio y envidia.

¿A quién no le da miedo la noche? Al descubrir lo que ella representa el miedo desaparece. Estoy segura que las otras flores no gozan porque no saben cómo gozar. Y una que goza, muchas veces no sabe por qué, pero lo hace. Eso es lo bonito de la vida.

Aquí, allá, o en cualquier otro lugar, este jardín siempre será mi hogar preferido. Sé que un día, muy cerca, él llegará por mí; un hombre llegará para llevarme a un lugar seguro, tranquilo y lleno de alegría. Al partir de este jardín me sentiré aliviada, pero a la vez sé que lo extrañaré.

No sé la razón por la que voy a extrañar ese hogar, es cosa que nunca he podido explicar. Lo odio pero a la misma vez lo siento mío. Tal vez es porque es el único lugar que conozco.

A pesar de los maltratos, voy a extrañar las serenatas que el viento me traía, las baladas que a mis raíces le daban gusto, las que también eran guías a la prosperidad. ¡Qué alivio me da! Las serenatas tampoco les agradan a las otras flores. ¿Qué malditos les gusta?

Sé que sola, sin compañía, no quiero vivir. ¿Por qué? No lo sé. Por el momento es una necesidad seguir en la compañía de las otras flores. Es una adicción ¿Extraño, no?

Se puede decir que el agua venenosa que nos alimentó todos estos años –desde pequeña– a cada una le dañó el alma y corazón de una manera u otra.

La oscuridad

La noche ha pasado, es de madrugada, y sigo en cama, acompañada de la oscuridad. Paso días así y a veces paso semanas sin querer conocer la luz del día.

La menopausia deprime hasta el punto de enloquecer.

La oscuridad ha pintado mi cuarto de negro. Los nervios me hacen pensar que un espanto se esconde detrás de cada cosa. Mis pensamientos me engañan, miro hacia el armario, el buró, las pinturas, y el bote de basura para intentar descubrir donde el miedo se esconde. ¿Dónde estás? Algo venenoso quiere acercarse y picarme, como una araña mañosa. El sudor y viento frío me congelan. Estoy muerta y a la misma vez viva. No puedo controlar los cambios bruscos de temperatura.

El dolor que siento se manifestó en los objetos que me dan miedo; es la irritabilidad nerviosa que me engaña.

Cada noche la oscuridad me pudre poco a poco. A veces el día me salva porque el sol me da ánimo para seguir luchando contra lo que me sigue espantando.

Lo que a una le ocurre en la menopausia, es parte de ser mujer y sólo el tiempo, apoyo de los médicos y seres queridos ayudan a vencer la tristeza que se siente. Toma tiempo y mucha paciencia.

La depresión me aterroriza. Pero cuando pienso en mi pasado, recuerdo que ese terror era peor. ¡Qué pena! ¿Por qué me ha tocado una vida tan cruel? Afloran todos los sentimientos negativos. Ahora es el insomnio que me tiene loca. ¿Estoy manifestando lo que me pudre por dentro en algo físico? No me encuentro. A veces no sé quien soy. Pienso que todas las mujeres, pasan, pasarán o están pasando por esto; pero no me siento mejor, eso es lo malo.

El cuerpo y la mente tienen que descansar de las tensiones, pero cuando lo hacemos parecemos locas. Actuamos, nos ven y tachan de locas, pero son las hormonas que nos tienen así. ¡Qué locura!

Todavía en cama siento que es veneno que me sale por los poros y se transforma en un monstruo. Es como una gangrena que se pega en todo y trata de consumir todo a mi alrededor. Aunque la mancha llega a mí y no me hace nada, es una experiencia impactante. Es como cuando uno come algo malo y el estómago lo rechaza para deshacerse del veneno. No me hace nada al vomitarlo. Así es la oscuridad, está dentro, al estar fuera no me hace nada. Mi sufrimiento es por dentro, es una condición física, emocional y mental.

Cuando una se está muriendo siente que todo es venenoso. No sé si es más física que mental, o al revés. No sé si una vez fue mental y con el tiempo se transformó en física. ¡Qué sé!

La rutina de cada mañana es lograr apoderarme del momento, la locura para sobrevivir. Me esfuerzo cada hora del día. Tengo que luchar contra lo que me asfixia. No me queda de otra.

¿De dónde nos viene el ánimo y la energía cuándo lo imposible es imposible? Nos viene de las ganas de vivir. Tenemos que hacer ejercicio, dieta especial, tomar suplementos de calcio y reemplazar hormonas para superarnos.

Cada mañana para despertar mi ánimo me baño dos veces. El primero me alivia de la oscuridad, el ardiente sudor y miedo. El segundo me quita el sudor frío que a veces las medicinas no ayudan aliviar. No es agradable vivir así y cansa el alma, pero es parte de la vida de una señora.

Las medicinas y el tiempo ayudan, pero tiene que haber otra solución. El apoyo psicológico es también muy importante.

Día y noche la oscuridad me acompaña. La soledad me quiere matar. Cuando me siento bien me abandona, pero cuando las penas me derriban se me acerca.

La depresión y los cambios internos, hormonas, no tienen otra salida y una se tiene que aguantar el sufrimiento cueste lo que cueste. Toma tiempo y mucha paciencia.

La soledad me quiere y odia. ¡Quiero que se salga! Sin embargo sé que es parte de la vida y la acepto. ¡Mas la odio!

Sé que el tiempo determina que cada señora pasará por la menopausia sin tener el apoyo de sus seres queridos o la comprensión del marido. Y la oscuridad va a ser su mejor amiga. ¡Qué misericordia!

Los tres hombres

No es culpa del primero, segundo o tercero -hombres-, de que yo no sea feliz. ¡Es culpa mía! ¿Estoy loca? Cada uno tuvo la oportunidad de cautivar mi corazón, y uno por uno me desilusionó. Tomó tiempo y por una razón u otra me desencanté.

Sí lo sé, pero no quiero culparme. Me engaño a mí misma. Soy cobarde. No importa saber quién tiene la culpa, lo que realmente importa es saber que lo que pasó tenía que pasar, para que así se creará una nueva oportunidad.

No entiendo la razón por la que he pasado desconsuelo con cada uno, sin encontrar aún el camino con alguno de ellos. Mi meta, como siempre, es realizar mi sueño de un día sentirme 'mujer'. Una persona llena de felicidad y confianza, y amor por sí misma.

Comprendo lo que es sentirse importante, por encima de todos, de las otras señoras: la familia, las amigas y los demás. Es lo que espero.

El primero, el Demonio fue, es y será una pesadilla para toda mi vida. Este monstruo me violó y sigue violando mis días y noches, y el tiempo no borrará la tortura que viví con él. Tormentosas son mis noches cuando estoy sola; la oscuridad se transforma en espantos y su silencio es mi temor. Me quita el sueño. Pienso que es él.

El odio corre por mis venas, por esos malos recuerdos y la razón por cual hoy reconozco lo que es la maldad.

Aún cuando no estoy sola, no sé las razones por las que las pesadillas se apoderan de mis pensamientos como lo hacían antes. Físicamente no me hacen nada. Porque son recuerdos, pero aún así, en mi corazón se siente como una bofetada en la cara, es la angustia –el recuerdo– que viví y me sigue atormentando.

El cuerpo nunca olvidará la mancha de esas manos podridas.

El segundo, el Vaquero me salvo del Demonio y se lo agradezco. Pero me da rabia porque tuve la esperanza de que fuera mi amor eterno y no fue así. Por el resto de mi vida tendrá en mi corazón un lugar muy especial para él. Lo quiero como un hermano por protegerme y salvarme. Mas me duele pensar en él.

No puedo dejar de llorar cuando pienso lo que se fue deshaciendo en mis manos.

Sé que el Vaquero todavía me espera. Me dejó esa puerta abierta. ¡Mas no puedo ser su pareja! No, no fue amor. Aunque una vez pensé que sí. Es doloroso pensar esto, pero es lo que mi corazón me aconseja. Con el tiempo, a su lado, me di cuenta que el cariño sólo fue amistad. ¡Lo siento! Y espero que me perdone por no tenerle el amor que se merecía, ni el valor de decírselo a la cara.

Dolió, y aún duele haberme apartado de él. No tengo justificación para salvarme de esta condena de tristeza.

Cada niña piensa en su príncipe azul. Yo soñé con un vaquero bien fajado, con manos de acero y un corazón lleno de flores.

El tercero, mi Rey, lo quiero mucho, con todo mi corazón y alma. Sigo enamorada de él.

¿Qué gano con seguir enamorada de una persona que no te ama? Sólo con recordarlo me trae poco placer. ¿Qué lindos recuerdos!

Fue el tiempo que nos aparto: su mirada triste, silencio y sonrisa temblorosa fueron parte de las causas que hicieron que me alejara. Pudo ser el hombre ideal, pero nunca olvidó el miedo que la vida le enseñó, las derrotas y fracasos que han marcado su vida para siempre –como yo, él tuvo sus demonios–. Su inseguridad, silencio y sus indecisiones, borraron mi sueño de lograr la felicidad con él. Sólo cuando estábamos a oscuras me sentía protegida y segura. ¡Eso no me bastó! Era demasiado pasivo e inseguro para poder convivir con él. Mi vida ya era perpleja y no aguantaba más presión. ¡Eso no lo acepto!

Los recuerdos me siguen alejando de lo que fue y no pudo ser. La intimidad entre una pareja es bonita y plena, pero si no hay conexión intelectual, espiritual y emocional, con el tiempo el amor deja de existir. El dinero y sexo no son las soluciones.

Porque cuando necesitaba a un hombre en el hogar o en la calle, no lo tenía; estaba y me sentía sola. Yo me hacía cargo de todo: el matrimonio, mi familia, los gastos, etcétera. Mi Rey no quería hablar de nada. ¡No fue justo! Fueron muchas las ocasiones en que no me sentía protegida a su lado. Él tenía pena, sentía que había perdido el tiempo por razones personales. Hubo deseo; fue bonito y apasionado, pero con el tiempo se vaporizó la magia y se desapareció el respeto y la seguridad. Él me desilusionó. También, sólo en sueños pude lograr encontrar caricias, deseos y alegrías para seguir soportando la vida. ¡Qué tonta fui!

No quiero más de eso, no me quiero desilusionar. Entiendo que cuando el deseo y amor no se unen, una tiene que seguir por otros caminos.

Estos tres hombres serán para siempre parte de mi vida y por ellos hoy soy quien soy, una persona madura e independiente. A cada uno le tuve cariño y no me arrepiento de haberlos conocido.

¿Quién no desea lo mejor para sí mismo? Lo que no se sabe es porque las señoras quieren sin querer: ellas quieren pero el miedo las tiene presas, y aceptan su situación, sea buena o mala.

Al pensar que ninguno de ellos pudo ser quien llenara mi vida, la tristeza me penetra como escalofrío. El sueño de sentirme 'mujer' me nace del corazón y esta vida no me va a negar el deseo. Sé que un día lo lograré; sigo esperando en el mismo lugar de siempre, una banca de madera, pero fuerte.

Juro, por mi maldita vida que un día voy a lograr mi sueño. Dios, perdóname por jurar.

Se me han clavado en el corazón todas mis derrotas; son los recuerdos que me dan fuerza. Por eso cada oportunidad sigo un nuevo camino. Tengo fe, y sé que mañana mi sueño no será un sueño, sino mi triunfo más preciado. Lograré que el sueño ya no sea más un sueño. ¡Nunca más!

Es una lástima tener que buscar y esperar tanto tiempo para encontrar la pareja ideal: es peor y más triste encontrar a alguien que no cuide la relación, y es peor que no tenga el valor y confianza de reconocer sus errores. ¡Qué triste realidad!, pero la vida continúa. Aún hay más vida por conocer.

Píntame

No me miren así porque soy de carne y hueso, ¡brutos! Con sólo una mirada ustedes, los hombres, no tienen derecho de apoderarse de una persona que no conocen. No estoy pintada. No soy un adorno de arte para que me traten como un objeto. Tal vez no se dan cuenta que hay vida en este cuerpo y el deseo de seguir con vida hasta llegar a su fin.

Algunos hombres se aprovechan cuando una los pierde de vista.

Hoy, no se saldrán con la suya. ¡No! Tal vez de otras sí se pueden aprovechar, pero de mí no. No, ¡no señores! Váyanse a otro lugar porque aquí no hay nadie que los ayude a convencerme.

Que lindo sería poder decírselos, ¿no? Lo he pensado, soñado, pero nunca lo he dicho.

No soy como las demás señoritas que por temor se niegan a darse a conocer tal y cómo son. Ellas son más bellas por dentro que por fuera, pero es algo que sólo ellas lo saben. Me da lástima conocer a gente como esta. Ellas se presentan como las demás 'señoritas', se rigen por la sociedad, buscan lo aceptado y codiciado por todas. ¡Me da rabia! Ellas no entienden que en la muchedumbre se pierde detalle y la individualidad de cada una. Se hacen las ciegas. Ellas solas se pierden.

¿Quién no quiere ser una princesa y ser parte del reino? Este deseo les da temor a muchas personas porque temen darse a conocer como princesas y por ende, no se arriesgan.

Porque lo bello de una mujer es su mente y corazón, pero la sociedad opina lo contrario; piensan que lo bello es sólo el físico.

Me da igual lo que diga la sociedad y cultura anticuada. Yo seguiré viviendo mi vida a mi manera. ¡A mí no me importa! No es que no entienda lo que la sociedad y cultura impone a lo femenino, sino que es demasiada presión. ¡Es mi vida! No quiero vivir las vidas de otras; no soy una niña. Menos lo que imponen los hombres.

Me doy cuenta que lindo es saber que con el tiempo has madurado. Es excitante conocer la vida con más tranquilidad y confianza.

Aún los hombres saben de la inseguridad que nos convence y se aprovechan de la situación. Pintadas como figuras de arte, sin sentimientos ni deseos somos para ellos: ¡Trofeos! Cada uno de ellos se da el placer de mirarnos, tocarnos y usarnos.

Es fácil perder el autoestima y difícil recuperarla. Cada señorita tiene el deseo de ser devorada por un hombre, pero devorada con pasión: besos, palabras, caricias y abrazos. En cambio, muchos hombres no piensan así. No quieren ni pensarlo y no les interesa ni siquiera pensar en los deseos de nosotras.

Pero no todos los hombres son así. Hay hombres como los caballeros que miran y no tocan. Sus miradas dan ánimo y gusto. Ellos nos intimidan y dejan como reliquia. Pero sin querer ellos también nos pintan, sin tener idea de lo que es ser pintor. ¿Por qué?

El recuerdo de su madre tal vez les pesa. Igual un hombre no es un hombre hasta que tiene su pareja ideal; entre dos personas se crea y pierde el amor eterno. Eso es vivir.

El deseo de ser amada y apreciada por mi alma, mente, corazón, cuerpo, personalidad y mis aspiraciones es fundamental para poder compartir mi vida con un hombre. Quiero ser amada más que una pintura que decora la vida de un hombre. ¡También respetada! Y que los hombres no se aprovechen de mí.

Cada jovencita, señorita o señora tiene el derecho de sembrar lo que el corazón le pide. No dudo que tener valor para exigir el derecho de ser respetada; al principio trae incomodidad, después el placer es más fuerte y profundo. Vale la pena.

Las señoritas aún se esconden en la red de los perdidos. Porque ellas tienen la misma esperanza de ser respetadas. Llegara el día que sabrán lo que es sentirse 'mujer'. No existe ningún otro placer más bello.

Una tiene que esperar, porque existe un hombre para cada una de nosotras que valora nuestras vidas por dentro y fuera –por vida–.

El sueño

No me quiero quejar de mi hogar, salud, familia, ni tampoco de la soledad. Mi vida no es perfecta, lo sé, y no debo quejarme. Tengo que ser dura.

Ahora entiendo la razón por la que nunca me he quejado. Muchas veces había querido gritar y escupir mis penas. Porque sé muy bien que nadie me va a escuchar. No tiene caso perder el tiempo con esto. Sé que muchas veces le pide un deseo a Dios, pero al mismo tiempo una se comunica con su niña interna y ella nos ayuda a resolver los problemas.

Dios no cumple todo el tiempo y no lo culpo. Pedirle algo a Dios no significa que Él me tiene que concederlo. Es la revelación del sueño que me vacía la mente. Luego siento que las penas no existen.

La niña interna logra que unos deseos se cumplan. Para los demás se necesita un milagro.

Hay días que no tengo las ganas de levantarme de la cama. Estoy despierta, pero mi cuerpo está sin vida. Cierro los ojos para tratar de regresar al sueño: la ilusión de sentirme 'mujer', la cual mi mente no ha dejado morir.

Pase lo que pase, al querer, el deseo no muere.

Desde niña sigo tras el sueño. Espero con ansiedad las noches porque sé que dormida me visitará. ¿Será que todavía me falta mucha vida por vivir para lograr encontrarlo? No sé; no entiendo lo que tengo que hacer, si tan sólo el sueño me revelara los pasos para llegar al punto que más deseo.

Una también tiene que vivir; el sueño no puede revelarlo todo.

Es bonito soñar: convertir un mundo lleno de melancolía en uno lleno de promesa.

A la vez hay que tener cuidado en lo que una desea soñar. A veces es feo o una pesadilla hacerlo.

Me atemoriza pensar en no cumplir mi deseo. Por dentro es como un huracán que se crea de la nada, y destruye todo en su camino para perderse en el cielo como si nada.

El recuerdo también tiene mucha influencia sobre lo que hago y no hago: me quita el hambre y pinta mi mente con tonterías, como un huracán deja huellas. ¡Qué horror!

Podrían decirme que es absurdo, pero creo que el recuerdo es como un espíritu que me maneja. Pienso que una tiene los recuerdos como drogas para sentirse triste o alegre. Por eso hay que tener mucho cuidado con los recuerdos.

El recuerdo –lo que he soñado– es un cáncer.

Por las noches tirada en la cama espero que en sueños venga el recuerdo a visitarme. No es prisión ni abandono. Será mi refugio por mucho tiempo. Nos necesitamos para sobrevivir y seremos compañeros hasta el fin.

La ilusión más fea que puede existir es la de no poder realizar los sueños. Sin los deseos que los sueños nos deja conocer, el cuerpo no puede vivir y sin una vida los deseos no pueden existir.

El sueño es mi escape de la realidad. Hoy es el único placer que me da esperanza. Otros caminos no me han dado el valor y la confianza. Lo he intentado con tres hombres. ¡Quiero algo más! Reconozco que le he declarado la guerra a lo prohibido. Todavía no puedo seguir atormentándome con mi pasado. Sé que estoy loca, pero lo interesante es que entre mi locura sé quien soy y eso me basta.

Pero la entrada del cielo no está garantizada. Estoy segura que seré siempre loca para las personas cobardes. Ellos no viven sus vidas, sino despiertos viven las vidas de otros, y es lo mismo que soñar. ¡Tontos!

Tengo que seguir luchando, destruyendo piedra por piedra –los tumores que me quedan dentro– porque mi sueño es mi guía y lo tengo que escuchar.

Soñé, sueño y soñaré para sobrevivir porque la vida vale la pena. Entiendo que los sueños existen para traer balance a la vida.

El calor de la noche

El verano ha pasado llevándose el calor del día y la noche. Aún mi cuerpo no ha notado el cambio del tiempo. ¿Por qué? Mi corazón está en llamas y quiere explotar. El viento, casi frío y tranquilo, entra por las ventanas para salvarme de la ansiedad. Un poco me alivia el corazón agitado y calma los suspiros fuertes. ¡No puedo respirar!

La pasión se puede ocultar, pero no se le puede tener presa por mucho tiempo. Entiendo que las ansias duelen, la pasión estalla por dentro. Quiere vivir y se quiere escapar de mi cuerpo. No culpo a la pasión por querer vivir.

Pienso en los tres hombres con los que he compartido mi vida. Algunas cosas de lo compartido las he olvidado, sin embargo, hay algo que todavía recuerdo: las carisias y sonrisas. Sólo he olvidado lo que no pudo ser. Por eso disfruto el placer que por las noches me visita. No se compara al placer que cada uno de ellos nunca pudo concederme. ¡Qué triste!

Sé que cuando se quiere, se quiere de verdad y el tiempo no logra borrar los sentimientos.

Con ellos nunca se realizaron mis más íntimos deseos, sólo en sueños se realizan más profundos. ¡Qué sentencia tan terrible! No sé la razón por la que mi cuerpo, en estos días, tiene ganas de estallar. Sólo en pensar en esos sueños eróticos se me hincha el corazón y empiezo a sudar: ¡Me siento apasionada!, como si pudiera volar a la luna en un segundo.

Tal vez el deseo de sentirme 'mujer' estalla. No puedo vivir ahorcándome cada día.

No me importa lo que diga la gente; me da lo mismo lo que digan. Esos deseos que antes me daban pena y disgusto hoy me alivian y dulcemente me desahogan. Es mi derecho sentir el placer que me inquieta por dentro.

Seré cómo quiero ser porque no tengo dueño. Nadie me manda. Si me dan ganas de hacer algo, lo voy a hacer cómo se me antoje, lo voy a tratar de lograr a toda costa.

Como la larva que se transforma en una mariposa, mi edad no tiene importancia porque por fin me estoy convirtiendo en la mariposa que siempre quise ser. El destino es como es y no puedo cambiarlo.

No dudo que la esperanza me da más tentación y ella no me ayuda a enfocarme en lo que tengo que hacer. Estoy segura que el deseo no cambia; tiene que vivir día tras día.

Tengo miedo, pero sigo caminando. No es sólo curiosidad ni juego, pero me divierte el ponerlo en perspectiva: lo que me pasa es atrevido y se requiere de mucho sacrificio. ¡Qué chistoso!

Comprendo que otras se reían de mi vida, pero más risa me da a mí las vidas de ellas. ¡No tienen vida!

No hay malas intenciones en lo que quiero lograr. Tal vez para los demás sí, porque ellos me lo han dicho toda mi vida. ¡No me importa! Ellos siempre dicen. Tengo que dejarlos vivir sus vidas, sin que me impacte a mí.

He pasado toda mi vida ocultando quien realmente soy y el porqué he tomado los caminos que me han amargado la vida. ¡Hoy no me hacen nada!

Se puede vivir una vida ocultando lo que a una le nace del corazón y nadie se da cuenta. ¿Por qué?

Aunque sé que lo bueno o malo de mi pasado formaron barreras y me desviaron, no me rindo. Reconozco que tuve mucha culpa en lo que me ha pasado, pero no me arrepiento. Las decisiones que tomé tal vez fueron más por pasión y inseguridad, pero no lamento haberlas tomado.

El pasado es pasado para poder seguir con el tiempo. Ahora lo pasado me da la fuerza. Reconozco el mal que he vivido. Hoy voy por el camino que me va a llevar a la felicidad. ¡Espero!

Suspirando profundo le sonrío a la noche; le coqueteo por despertarme con su viento frío y fuerte. En sueños logro desahogarme. Es la única manera en que me siento viva. En ellos llego a cumplir mis deseos más apasionados.

Lo que no se puede vivir en la realidad, en los sueños sí se puede. Antes los sentimientos me oprimían por no poder concederles lo que mis sueños les dieron a conocer.

Tal vez es mejor dejar un poco de deseo enterrado. Espero que esta noche me deje con las ganas.

El día llegará para salvarme de mis sueños. Sigo valientemente esperando por ese momento.

A pesar de la injusticia que muchas vivimos una se tiene que querer, respetar y superar por sí misma.

Narrador:

La Novia entiende perfectamente el siguiente concepto: el sol nos despierta y acuesta día tras día; es lo que es. Igual ella tiene que seguir su lucha, sea lo que sea.

Es como si ella viviera en dos mundos asumiendo dos personalidades: durante el día, vive una vida 'normal' deseando vivir otra inundada de amor; y durante la noche, vive lo que añora durante el día, pues la vive en sueños. ¿Estará loca?

Con el tiempo el cariño, respeto y la independencia a su manera los consiguió. Lo que deseaba tener en cosas superficiales también las tuvo. Tuvo todo menos su gran deseo.

¿Será que como una mujer no es posible ser feliz –llegar al punto que una desea–?

*Niña – Joven – **Novia** – Mujer*

Séptima parte –

La Novia

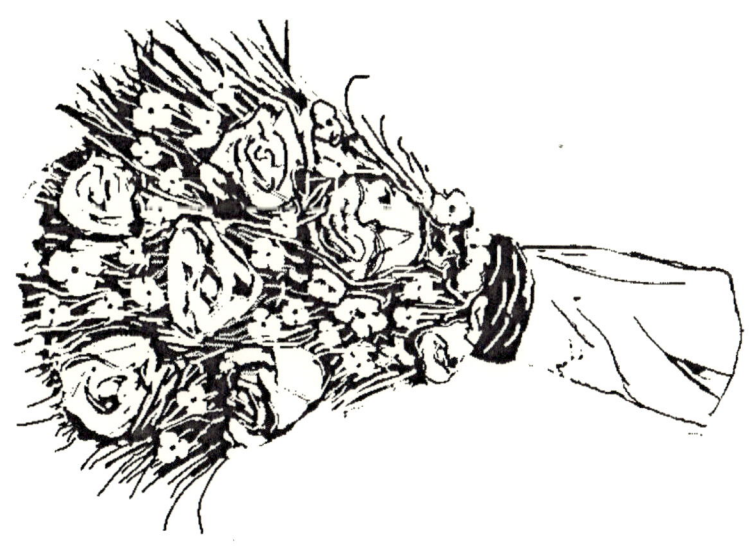

Fotografía: Sebastian, FL / 2006

Narrador:

El deseo de una mujer es un día lograr sentirse 'mujer': es el sueño de muchas niñas. Se entiendo que el tiempo la cambia de niña a joven y de joven a 'novia'. Pero él aún no le da idea cómo se llega de 'novia' a sentirse 'mujer', porque muchas cosas inexplicables tienen que suceder.

A pesar de que La Novia reconoce que ese sueño es imposible de realizar, todavía lo añora. Su niña interna llora y llora sin saber la razón. No entiende sobre este conflicto, pero sabe que tiene que seguir lo que muchos años atrás comenzó. Esa niña sigue llorando hasta que se duerme y en sueños se siente 'mujer' –es cuando sonríe–.

"Quiero y he querido. Sueño y he soñado. Amo y he amado. Soy una mujer, pero no me siento 'mujer'. El cariño que he sentido sigue siendo alcanzable. El amor que he sentido sigue siendo profundo y complicado. Como siempre, el cariño y amor que he conocido han sido de otras parejas. ¡No los míos! Y esta reflexión me obliga a aceptar lo que mi cultura y sociedad opinan al respecto. ¿Cuándo voy a amar a mi gusto?, y no al gusto de ellos", soñando nos explica La Novia.

Una mujer

Puedo perderlo todo: las cosas materiales, el dinero y dignidad como me han pasado muchas veces, pero no puedo desperdiciar el deseo de sentirme 'mujer'. ¡Nunca! Lograr la etapa más delicada de una mujer es conseguir la felicidad máxima, la euforia eterna.

Una tiene que buscar la manera de realizar sus metas porque si no se cumplen, ellas no dejan que vivas en paz.

No existe otro deseo que me de valor de enfrentarme a la vida y con libertad decir mi nombre, La Novia. Es como haber nacido nuevamente, es rejuvenecer. ¡Qué vida!

No dudo que la emoción me ilumina el alma, despierta mi vida triste y casi muerta.

Pero esta gloria –deseo, sueño– no la puedo conquistar sola. ¡No se puede! Sin una pareja fiel no tengo la capacidad de alcanzar lo sagrado. ¡Existe! Lo he soñado. Me conoce, y yo a él.

Sentirse 'mujer' se observa en la sonrisa y mirada de otras mujeres: la tranquilidad, confianza, alegría y el orgullo de ser dichosa me motivan más. Sus miradas me hipnotizan. Cada mirada es fuerte, profunda, atrevida, directa y brillante. También es sencilla, sonriente, cálida y dulce. La sonrisa de cada una de ellas me calma y a la misma vez agita el alma. Esa sonrisa representa la madrugada que da luz a mi interior vacío.

¿Existe tal hombre? Me he preguntado lo mismo cada día de mi vida.

El hombre que me entienda sabrá escuchar mis deseos y tristezas. Me apreciará como una mujer: independiente, pero femenina; madura, pero frágil; madre con esperanza; divorciada, pero respetada; de hogar y de familia, que sabe disfrutar la vida; y profesional, pero no titulada.

Tampoco puedo abandonar a mi hija ni a mi hijo. ¡Nunca! Ese hombre tendrá que ser padre sin condiciones para ellos. He sido madre y padre por mucho tiempo y necesito el apoyo de otra persona madura para lograr una vida feliz para todos: mi familia.

¿Quién no quiere ese deseo? Una tiene que primero querer para lograrlo. Es difícil tenerlo todo pero sí se puede lograr. Toma tiempo y mucha paciencia.

También me gustaría un hombre que se respete y no se deje llevar por la corriente, por la sociedad, su cultura y religión. Una persona con madurez que reconozca su lugar, para defender su orgullo, dignidad, trabajo, familia y sus amistades. Y lo principal, que tenga la sabiduría para comunicarse conmigo, que me hable, que nos hablemos de todo.

Eva tuvo su pareja, Adán. Y yo tendré la mía.

Ese hombre me tiene que querer, adorar y alabar, a oscuras y frente a los que nos rodean, día tras día. En la noche, cuando estemos solos, que me ame, desee y acaricie hasta el amanecer. Su cuerpo llenará mi alma de vida, y a la vez enviciará de placer mi cuerpo tierno y vacío.

No sé donde está la gloria, pero sigo avanzando paso a paso, día a día. Lo único que me falta es la pareja que ilumine mis últimos pasos para llegar a ella.

Cuando el mundo se derrumba **el amor y la esperanza** *nos ayudan a crear otro mundo. Como mujer una sabe lo que tiene que hacer: una pone de su parte y espera ser correspondida. La vida es cruel y bella a la vez, mas no hay de otra.*

Lo esperado

Narrador y La Novia:

¿Quién culpa al corazón que quiere amar?

La vida de La Novia será conocida por el dolor, los fracasos, su timidez, valor, fe, sus aventuras, amores, tristezas, alegrías, esperanzas y anhelos.

Ella ha vivido las vidas de millones de personas que se han negado a dar luz –despertar– a su miseria. Porque muy joven aprehendió a dar los primeros pasos hacia su gran sueño y por pronto lo va a encontrar.

Le faltó cariño y lo encontró. Se equivocó de camino, pero regresó. Renegó de Dios, y logró reencontrar su fe. Se vio frente a frente con el Demonio y fue rescatada. La esperanza –el Vaquero– le falló, pero la encontró de nuevo. Encontró a su amor, su Rey, pero éste no la apreció. Estuvo rodeada de flores lindas, pero carnívoras.

Ella ahora es feliz porque la tristeza es parte de su historia. Hoy, lo que le hace suspirar es el tiempo que Dios le ha brindado para encontrar su gran anhelo.

Desde niña ha vivido su vida como una novia. Su inquietud e inocencia la llevaron a lo indeseable de la vida. Con su valor se apoderó de los momentos dolorosos, una y otra vez para salir adelante y tomar otros caminos. **El amor y la esperanza** que ella lleva en su alma serán las únicas ilusiones para seguir más aventuras y fracasos.

Dios la aconsejó, pero ella por mucho tiempo le dio la espalda. No la pudo salvar de los caminos prohibidos y erróneos. Sin embargo lo busco y encontró, y después lo escuchó.

El tiempo pasa, y a pesar de su edad, no cambia de idea. Persiste en encontrar su gran sueño. Espera en el lugar de siempre, en una banca de madera, pero fuerte como ella. Espera y espera como siempre, soñando. Su mirada se pierde a lo lejos y sus ojos buscan y buscan sin encontrar nada ni a nadie. Su mente y corazón quieren que su hombre venga por ella pronto. ¡Ojalá mañana! Ella, como lo hacía cuando era niña, sueña día y noche con su gran ilusión: un día sentirse 'mujer'.

El sueño de La Novia le durará toda su vida, hasta que lo cumpla. Su rostro lo dice todo: *"Nadie sabe lo que he sufrido para aparentar lo contrario: 'Estoy bien. Nada me pasa'. Pero las experiencias me han dado luz a lo complejo que son sentir **amor y esperanza**.*

Una se tiene que perder en su laberinto de sueños –sean malos o buenos– para sobrevivir.

Por eso, sin pensarlo, en un beso te daré mi cuerpo sin condiciones, si el tuyo me despierta de este sueño. No quiero soñar más con lo que puede ser. Ahora lo que siento y me agrada lo quiero vivir con alguien que me corresponda. ¿Te atreves a ser mi amigo, novio, marido, amante...? ¡Despiértame!".

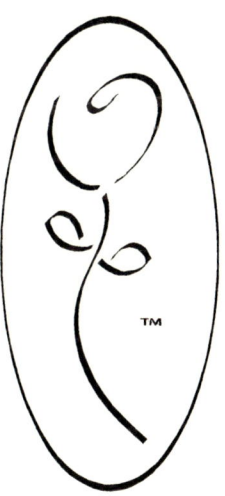

Una Rosa Publishing

Agradecimientos:

Me gustaría dar reconocimiento a las siguientes personas que fueron el esfuerzo tras esta aventura: mi primer libro. Porque no fue una labor fácil, escribirlo fue un proceso educativo y sobre todo tomó sacrificio: tiempo y ganas.

Gracias por el apoyo y la ayuda.

Sin estas personas este libro sólo sería una idea. Espero que les guste cómo quedó.

Una abrazo,

Graciela E. Acevedo, Argelia Adame, Mariana Alvarado Avalos, Jaime Edrosa, Elba L. Gamez, Maria A. Hernandez, Michael Perea, Magalis Rodriguez, Cristian Valenzuela, Anna Maria Vega, mi familia en EEUU y México, y mis amigos/as.

R. R. Adame

Diseño, fotografías y portada: René R. Adame

Fotografía portada: Montreal, Canadá / 2006